제옥 수필집

따뜻한 솜씨

초판 발행 2017년 11월 9일
지은이 제옥
펴낸이 안창현 **펴낸곳** 코드미디어
북 디자인 Micky Ahn **교정 교열** 백이랑

등록 2001년 3월 7일
등록번호 제 25100-2001-5호
주소 서울시 은평구 갈현로 318-1 1층
전화 02-6326-1402 **팩스** 02-388-1302
전자우편 codmedia@codmedia.com

ISBN 979-11-86104-71-2 03810

정가 12,000원

따뜻한 솜씨

제옥 수필집

등단하고 8년간의 시간 속에서 나는 내 삶의 이야기를 수필로
때로는 시로 표현하였습니다.

이들 작품들은 저의 분신이며 어쩌면 내 전부일 수도 있습니다.

안개 자욱이 내려앉은 시냇가

철 따라 피는 이름 모를 풀꽃들

목이 터져라 울어대는 뒷산 매미

소리 없이 내리는 흰 눈이 만든 백설의 세상

차 한 잔 들고 창가에 기대어 서서 응시하는….

문학을 사랑하여 시작한 이 글쓰기가 저에겐 크나큰 행복이었
습니다.

이 삶 이야기의 모든 의미들이 큰 가치가 있든 없든 저는 이들을 사랑합니다.
살아 숨 쉬는 동안 쓰기는 이어지리라 스스로 다짐해 봅니다.

문학의 향기를 함께 나눈 시계문학 회원님께 감사드리며,
저를 오늘에 이르기까지 이끌어 주신 지연희 교수님 고맙습니다.

2017년 겨울 제옥

Contents

1

내 꿈의 동산

2

따뜻한 솜씨

Contents

3

고운 글 한 편

4

맑고 밝은 길

1

대 꿈의 동산

나의 봄날

사계절 중 봄은 한 해의 시작이라 희망이 깃든다. 긴긴 겨울을 지나 따스한 햇살 내비치면 꽁꽁 얼었던 땅은 녹아 촉촉한 기운을 내뿜는다. 대지는 잠에서 깨어나 기지개 켜고, 만물을 소생시킨다. 싱그러운 봄날, 꽃향기 가득하고 사람들은 겨우내 입었던 솜털 옷을 벗어던진다. 가벼운 옷깃을 훈훈한 봄바람에 휘날리며 희망과 기쁨에 차 활보한다. 봄날은 희망이요, 기쁨이다. 사람의 일생에도 그 크기와 색깔은 달라도 누구나 한 번의 봄날이 있다. '나의 봄날은 언제였을까.' 생각하며 지나온 삶을 되돌아본다. 인간의 삶은 유년기, 청년기, 장년기, 노년기로 나뉜다고 한다. 그러면 나의 봄날은 어디쯤이었을까. 나의 봄날은 청년기였다.

나는 구덕산 기슭 가교사에서 내 청년기의 꿈을 키웠다. 6·25 전쟁

와중이라 구덕산 기슭에 판자로 칸을 지르고 벽을 쌓아 하늘을 겨우 가리는 천막을 친 가교사였지만 나의 꿈을 길러주는 데는 부족함이 없었다. 구덕산 계곡에서 흘러내리는 잔잔한, 더러는 콸콸 쏟아지는 물소리를 들으며 좁은 언덕을 따라 교문에 들어선다. 산자락에 자리 잡은 교정은 사시사철 흐르는 개울을 끼고 뒤로는 높은 구덕산이 병풍을 두른 듯했고, 앞은 확 트인 남쪽으로 멀리 바다가 보였다. 봄이면 피어나는 향기로운 꽃바람을 마시고 여름이면 푸른 구덕산 숲속에서 아카시 가지 꺾어 잎따기 내기하며 깔깔거리고 이야기꽃을 피웠다. 노랗게 발갛게 물들어가는 나뭇잎 아래서 워즈워드, 바이런의 시를 K 영어 선생님과 함께 읽으며 당대의 낭만파에 매력을 느끼기도 했다. 어려운 수학, 화학 문제도 풀고 영어 공부도 하면서 대학 진학을 고민하고 청년기의 봄날을 그렸다.

대학은 여고 시절과 달랐다. 새 친구를 사귀고 낭만을 즐기기보다 전공과목의 학점을 따고 졸업 후 교사 자격증을 따는 데 집중했다. 낙도(거제도) 남녀공학 중고등학교 교사 생활은 짧은 기간이었지만 하루하루 흥분 속에서 가슴이 뛰었다. 순진하고 소박한 아이들에 나는 완전히 매료되었다. 빼어난 자연의 아름다움, 늦은 밤 개굴개굴

울어대는 개구리 소리는 떠나온 집을 더욱 그리게 했고, 밤바다를 비추는 하얀 등댓불, 무더운 여름밤 등대에서 만나는 시원한 바닷바람은 지금도 잊히지 않는다. 부모님의 만류로 도시(부산) 초등학교 교사로 전직하였지만 까만 눈빛으로 나를 바라보던 어린 시골 학생들, 기차 플랫폼의 이별과 다른 뱃고동 울려 퍼지는 선창가의 긴 이별은 오래도록 가슴을 아프게 했다.

청년기는 나의 삶을 살찌워주었고, 그때 나는 아무런 망설임이 없었다. 모든 일은 거침없이 흘러갔다. 냇물에 띄운 종이배가 물길 따라 흘러가듯, 가다가 바위에 부딪히고 센 물살에 뒤뚱거려도 그게 삶이겠거니 하면서 두려움 없이 결혼과 출산까지 물 흐르듯 치러냈다.

중부 전선 최전방 군의관 생활은 엎드려 들어가고 나오는 초가집 단칸방에서 시작했다. 휴가 나왔던 남편이 전방 부대에 복귀하는 날이었다. 그를 전송하러 나갔다가 대구까지만, 대전까지만 한 것이 그 기차에 타고 전방까지 가게 되었다. 당시의 전방은 황폐한 들판, 뽀얀 먼지 이는 도로, 사람은 없고 군인만 보이는 곳이었다. 멀리서 포 소리가 자주 들리고 육중한 GM 군인 트럭이 질주하고 미군 짚차가 쉴 새 없이 달렸다. 남편은 집 밖에 나가지 말라는 말을 남기고 출근하고 나도 무서워서 사립문 밖을 나가지 못했다. 하지만 서투른 솜씨로 음식을 만들고 그를 기다리는 마음은 매일 기쁘고 들떠있었다.

아무런 준비 없이 도착한 초가집, 그 흙벽에 횟대보를 쳐서 옷을 걸고 옛 고리짝에 속옷을 개켜 넣었다. 사과 궤짝을 엎어놓고 찬장으로 쓰고 작은 양은솥에 밥하고 김치와 된장찌개를 끓여 솥 채 냄비 채 들여놓았다. 조그만 호마이카상을 펴 둘이 머리 맞대고 먹어도 즐거웠고, 더 바랄 것도 걱정할 것도 없었다. 사방을 둘러봐도 아는 이라고는 없는, 하늘에서 뚝 떨어진 기분이었지만 남편 곁이라 든든했다. 식구가 늘어 가고 쓰임새가 커져도 불평 없이 가진 것 안에서 욕심 없이 살았다. 이렇게 세상에 대한 아무런 두려움 없이 앞으로만 앞으로만 나아갔다.

지금 생각해보니 그때가 내 인생의 봄날이었다. 떠나기 싫어 심술 부리던 계절이 따스한 햇살에 밀려나 훈훈한 바람에 대지는 꿈틀거리고 꽃향기 가득한 봄날이었다. 인생의 꿈을 길러준 구덕산 자락, 어설프기만 했던 첫 사회생활, 거친 듯한 시골 생활은 꿈이 자라는 희망의 나날이었다. 신혼의 단꿈을 즐기다 아기에게 젖을 물리는 엄마로 변해가는 내 모습, 모두가 꿈결처럼 지나갔다. 언제나 우리 식구가 함께하니 항상 기쁨의 나날이었다. 두려움 없이 매사에 자신이 있었던 것은 젊음, 청년기의 힘이었던 것 같다. 진정 청년기는 나의 기쁨이요, 희망의 봄날이었다.

내가 자란 구덕산 기슭

산골짜기에서 일곱 번째 집, 어린 시절 꿈과 낭만을 키워 준 곳이다. 집 앞 골목길을 나서면 계곡을 끼고 시내로 가는 넓은 신작로가 있다. 계곡을 타고 흐르는 냇물, 냇물을 가운데 두고 신작로 반대편은 길보다 낮은 들판으로 보리밭, 밀밭인가 싶으면 채소밭도 되었다. 마을 옆과 뒤는 구덕수원지와 구덕산이 둘러싸고 있다. 높은 산기슭과 들판, 수원지 숲과 뚝은 아이들의 놀이터가 되었다. 나는 여기서 꿈을 키우고 이상의 나래를 폈다. 긴 세월이 지난 후 내가 자란 이곳을 찾았을 때 너무나 놀라고 슬펐다. 아름다웠던 동산이, 계곡이 다 사라져 버려서 한없이 슬펐다.

이른 봄에 제비꽃, 민들레 등 이름 모를 야생화가 만발하면 바구니를 옆에 낀 우리는 들로 산으로 쑥, 냉이, 삐삐 등 나물을 캐러 다녔다. 복사꽃이 만발하고 천리향과 아카시 꽃이 피면 그 동산에는 봄바람과 어울린 꽃향기로 뒤덮였었다.

여름이면 냇가에 뛰어들어 개구리 잡고 올챙이는 병에 담고 송사리 떼 쫓다 보면 물이 차츰차츰 말기까지 젖어 온다. 뜨거운 볕 피해 쭉쭉 뻗은 전나무 숲 오솔길 따라 풀숲 지나 그늘 밑에 누워 전나무, 소나무, 떡갈나무 숲 사이로 쪽빛 하늘 쳐다보며 시린 눈 감았다 떴다를 반복하며 재잘거렸다.

가을이면 잠자리채 들고 산과 들로 달리며 잠자리 잡고 나뭇가지에 붙은 매미도 잡았다. 산속 설익은 추자(호두)를 따 바위에 놓고 돌로 깨어 속알을 꺼내 먹다 어머님이 지어주신 추석빔이 온통 추잣물로 얼룩졌다.

겨울살이 준비로 뒤뜰에 가득 쌓인 장작더미는 술래잡기, 숨바꼭질을 하는 우리들의 놀이터다. 장작더미 속에 숨어 있다 손발이 시리면 양지바른 툇마루로 달려간다. 딸 일곱에 오빠 둘까지 어머님이 삶아 놓으신 고구마, 감자 양푼이 앞에 옹기종기 모여 앉아 맛있게 먹었다. 따가웠던 햇살이 기울기 시작하면 저녁 짓고 난 아궁이에서 꺼내 담아놓은 숯불 화롯가에 온 식구가 둘러앉는다. 화로 위에 석쇠 놓고 설날 썰어 놓은 가래떡 조각도 구워 먹으며 깊은 밤까지 도란도란 얘기꽃을 피우곤 했다.

아름다웠던 구덕산 기슭 수원지 숲 넓은 들, 어린 시절 나의 꿈과 낭만을 길러준 그리운 그곳, 생각만 해도 가슴 설레는 추억들로 눈앞이 흐려온다. 수십 년 세월이 지나 그리운 그곳을 찾았을 때는 믿어지지 않는 현실에, 놀라움으로 가슴 한편이 내려앉았다. 순간, 숨죽여 조용히 응시했다. 수원지는 매립되어 고급 주택가가 질서 정연히 세워졌고 구덕산 기슭과 우리 집이 있던 자리엔 대학교가 들어서 있었다. 넓게 보였던 신작로는 골목길이고 흐르던 냇물과 들판도 복개되어 주택이 꽉 차 있었다.

　아름다운 구덕산, 내 꿈의 동산! 오십 년 세월이 지난 오늘, 옛날 정다웠던 동네, 아이들에게 꿈을 심어 주었고, 대자연 속에서 함께 숨 쉬었던 그곳은 고도로 발달한 대도시로 탈바꿈되어 버스가 산자락 밑까지 가는 아주 편리한 곳이 되어 있다. 그러나 문명의 이기가 온 마을을 콘크리트로 이루어 놓은 게 한없이 안타깝고, 나를, 우리를 슬프게 한다. 질펀히 피어나던 꽃과 풀향기, 꽃향기, 새들의 지저귐이 사라졌다. 사시사철 흐르던 물소리도 간 곳이 없다. 빨랫방망이 소리, 아이들의 울음소리, 웃음소리도 모두 모두 어디론가 가고 없다. 우리를 슬프게 한다. 한없이.

추억의 초등학교

물새가 나는 어느 이름 모를 바다를 배경으로 찍은 어린 소녀 시절의 빛바랜 사진을 보았다. 6학년쯤으로 보이며 입고 있는 옷을 보니 봄 소풍 때인 것 같았다. 그 천진난만했던 초등학교 시절 사진 속 친구의 이름을 생각해 내면서 추억의 한때를 돌이켜 보았다. 한복 치마저고리를 입은 친구부터 최신 원피스(簡單服, 일본 옷이라고도 했다)를 입은 친구까지 의복에서 그 당시의 생활 모습이 엿보였다. 기억에 기억을 더듬어 친구들의 이름을 모두 찾아냈다. 그러나 곁에 찍힌 옆 반 남자 담임선생님의 이름은 끝내 떠오르지 않았다.

초등학교 생활 중 제일 기억에 많이 남는 것은 겨울의 학교 생활이다. 재미도 있었지만 고통스럽기로도 최고였다. 눈이 펑펑 쏟아지는 날에 청소하는 일은 고역이었다. 당번이 되면 우물에서 두레박으로 길어온 찬물에 손을 넣고 걸레를 빨아 책상을 닦고 바닥을 닦았다. 지금 기억으로는 손이 시려 눈물이 핑 돌았었던 것 같다. 그러면서도 장난기는 여전하여 엎드려 바닥을 밀고 있는 친구의 엉덩이를 힘껏

밀어주며 달리다 나뒹굴어 떨어지면 갑자기 교실 안은 웃음바다가 되었다.

당번이 조직적으로 짜여 있었다. 그날의 당번이 되면 새벽같이 학교로 갔다. 요즘처럼 자물통도 없는 교실 문을 제일 먼저 열고 들어가 난로에 불을 지피고 물주전자를 얹었다. 칠판, 분필, 칠판지우개, 화분 등 주위 환경을 선생님께서 들어오시면 곧 수업을 할 수 있도록 정리 정돈했다. 첫째 시간이 지난 뒤부터 난로 위에 차례로 도시락을 산더미처럼 쌓아 올렸다. 고소한 누룽지 냄새가 나면 아래 것을 빼내어 위로 올렸다. (선생님께서도 도와주셨던 기억이 난다.) 이렇게 하여 모든 도시락은 점심시간 전까지 모두 다 데워졌다. 도시락을 난로 위에서 구워먹던 그 맛은 지금 생각만 해도 군침이 돈다.

6학년인 우리는 공부도 열심히 했다. 우리 학년은 전국 중학교 국가고시 제1기생으로 명문 여자중학교에 입학하기 위해 촛불을 켜놓고 늦은 밤까지 공부를 했다. 그때의 선생님께서는 모든 성의를 다하는, 열정이 넘치는 분이셨다. 한 명이라도 더 입학시키기 위해 애쓰시던 모습이 지금도 눈에 선하다. 그때 배웠던 세계사, 지리, 사회, 수학 등 모든 과목의 내용은 나의 전 지식의 밑바탕이 되어주고 있다.

수업이 끝나면 가로등 하나 없는 쓸쓸한 밤길을 걷는 것은 정말 무서웠다. 멀리서 마중 나오신 희미한 어머님 그림자가 보이고 나를 부르는 목소리가 들리면 그제야 안심이 되었다.

이 사진 속의 친구 중엔 이미 고인이 된 친구도 있고, 전혀 연락할 수 없는 친구도 있고, 서울의 어디에 있다는 소식만 겨우 들은 적이 있는 친구도 있다. 사진을 보면서 사교적이지 못하고 내성적으로 살아온 나 자신을 후회하고 꾸짖으면서 좀 더 적극적으로 남은 삶을 살아보자고 다짐해 본다. 날이 밝으면 건너 건너 친구에게 전화를 걸고, 만나, 마냥 즐거웠던 추억의 초등학교 시절로 되돌아가 밤을 하얗게 지새우며 얘기꽃을 피워봐야겠다.

백내장 수술

시력 좌우(2.0, 1.5)였던 내 눈에 안경이 씌워지기 시작한 것은 20년 전이다. 시력은 근래에 점점 더 나빠져 TV의 자막을 얼른 알아볼 수 없게 된 지도 5년이 넘었다. 안과에서 백내장 징조가 보인다는 의사선생님의 말씀에 가슴이 덜컥했다. '백내장은 걱정할 것 없다.'는 주위 사람들의 말에 안심하다가도, 한편으로 이 병은 늙으면 찾아오는 것이란 생각에 가슴이 울렁거리기도 했다. 안경의 도수가 깊어지는 것을 견디다 결국 지난 2월 27일에 수술을 받았다.

한 달 전 수술날을 정해놓고 두려우면서도 잘될 거라고 마음을 달랬었다. 다른 곳보다 눈이라 행여 운이 없어 앞을 못 보게 될까 하는 걱정이 있었다. 가운으로 갈아입고 수술대에 앉으니 평소에 종교가 가슴에 와 닿지 않는 나인데도 중얼중얼 주기도문을 외우게 되었다. 의사

선생님의 마음 편히 가지라는 말에 가슴이 더욱 팔딱팔딱 뛰었다.

수술대에서 내려오고 보니 우리나라의 의술은 놀라울 정도로 발전해왔다는 생각이 든다. 눈 속에 렌즈를 삽입하는 기술로 백내장 치료를 했다는 병원 측의 이야기다. 수술도 중요하지만 수술 후 관리가 더 중요하단다. 세 가지 안약을 시간에 맞추어 넣어야 하고(하루에 네 번 넣는 것, 두 시간마다 넣는 것 등), 입욕이나 머리 감기, 염색, 운동 등등 금기사항도 많았다.

두 눈의 안대를 풀고 거울 앞에 앉은 내 모습에 놀랐다. 잔주름 투성이 얼굴…. "늙으면 생기는 검버섯, 주름살, 처진 얼굴 모두모두 조금씩만 보이라고 눈이 어두워진다."는 옛날 친정어머니 말씀이 생각났다. 요즘 여자들이 성형외과에 드나드는 것에 비판적인 나였는데 이제는 이해가 된다.

근거리용, 원거리용, 돋보기 등 몇 개의 안경을 두고 꼈다 벗었다하는 불편이 없어졌다. 식사할 때 안경을 쓰지 않아도 된다. 항상 두 개 이상의 안경집이 들어 있었던 내 가방이 부피가 줄고 가벼워졌다. 책을 편하게 볼 수 있어서 좋다.

하지만 "어머니 광명 찾았어요?" 하는 큰딸아이 말에 "정말 광명은 찾았다." 하면서도 밝아진 새 눈에 비친 주름투성이 내 모습에 실망을 감출 수 없다. 요즘처럼 성형이 만연하는 시대에도 나는 여전히 성형한 사람들의 어색한 얼굴을 보기가 힘들다. 주어진 대로 살자는 게 나의 신념이었는데, 수술 후 이 신념이 언젠가 무너지는 날이 올 수도 있겠다는 생각이 든다.

사
람
은

늘

외
롭
다

●

　사람은 모체母體에서 혼자 태어난다. 그러나 살아가면서는
주위 여러 사람들과 더불어 살아간다. 이런 주위 모든 인연을 다 놓아
버리고 오직 혼자 가는 길은 죽음뿐이다. 혼자인 순간이 외롭다면 더
불어 사는 것에서는 마냥 행복하고 즐거워야 한다. 그런데도 그 많은
사람, 군중 속에서도 찾아드는 외로움은 무엇이라 말할 수 있을까.

나는 어릴 때부터 친가, 외가 모두 대가족이라 많은 사람들에 둘러싸여 자랐고, 지금 내 가족도 대가족이다. 1960년대 우리 집에 붙은 산아제한産兒制限 정책의 국가 포스터가 '아들딸 구별 말고 둘만 낳아 잘 기르자'였는데 다섯 남매를 두었으니 동네 사람들의 웃음거리가 되었었다. 그 다섯이 다 제짝을 맺고 아이를 낳고 나니 말 그대로 대가족이 이루어졌다. 그러나 나는 언제나 혼자고, 외로움을 타고 있다.

　덜 녹은 눈얼음 사이를 비집고 드는 봄기운 가득한데, 가슴은 황량하다. 경인庚寅년을 맞고 또 한 번 다가서야 하는 서글픔이 나를 외롭게 한다. '결혼 후 아내의 역할은 남편을 존경하고 현모양처가 되는 것'이라는 부모님 말씀으로 시작된 내 삶은 결국 커다란 엇박자를 냈다. 함께 살다 보면 사랑도 정情도 생기겠지 하는 마음으로 결혼 생활을 이어갔다. 자식을 잘 길러 짝을 지어주는 데까지는 최선을 다해야 한다는 신념도 있었다. 그러나 현실은 모든 게 그렇게 만만하지 않았다. 따뜻한 말 한마디 없는 사람, 오직 자기 일에만 열심인 사람이 야속했다. '저 여자 복도 많다'고 생각하는 사람이라 군소리는 통하지도 않아 토라졌다 풀렸다를 혼자 반복했다. 젊은 날의 꿈 많았던 소녀는 간데없고 순종하며 열심히 사는 생활인生活人으로 변해 버렸고, 마음 한구석엔 늘 스산한 외로움을 안고 살았다.

장성한 자식들은 저마다 제짝 찾아 모두 다 내 곁을 떠났다. 큰딸 집에는 외손녀가 고3이 되는 터라 대입 준비로 집안이 숨죽인 듯하고, 둘째와 셋째 네도 손주들이 중·고생이라 어미는 아이들 성적 올리는 데 이리 뛰고 저리 뛴다. 넷째, 다섯째는 온 집을 책(동화책 영어판까지)으로 도배를 해 놓았다. 모두 제 자식들 가르칠 욕심으로 꽉 차 있다. 모두가 제 자식 제 남편 외는 아무 생각을 하지 않는다. 자식들이 살아가는 모습을 한발 물러나 바라보니 지난날의 나를 보는 듯해 할 말을 잃는다. 효도도 못다 하고 보내 버린 부모님 생각에 가슴이 저려 든다. 나는 들어갈 틈이 없다. 홀로서기를 해야 하는데 어렵다. 늙어버린 부모는 저희들에게 귀찮은 존재가 되지 않으려고 애를 쓰면서도 섭섭하고 외로운 가슴을 숨길 수가 없다.

　현실은 아날로그 시대를 지나 디지털 시대, 스마트폰 시대로 달리고 있다. 컴퓨터를 잘 다루어야 하고 인터넷을 활용하여 시야를 세계로 넓혀야 하는데 나는 모두 다 어설프다. 자고 나면 변하고 자고 나면 변하는 세상에서 혼자 뒤처지는 이 기분, 이 외로움을 혼자서 풀고 헤쳐 나가야 하는데 자신도 없고 바보가 되어가는 느낌이 든다.

　세상이 나를 외롭게 만들어도 내가 즐겁게 살아가는 방법은 무엇일까 고민을 해보았다. 나이가 들었지만, 그래도 지금 이 순간이 홀로서기도 하고 자기개발도 할 수 있는 최적의 타이밍이라 생각했다. 이것저것 손끝에 만져도 보지만 왠지 낯설고 힘이 들고, 모든 것이 부질없어 보일 때 외로움은 전신을 엄습한다. FM 라디오에서 흘러나오는 〈봄의 소리 왈츠〉를 들어도 서글프고, 뒷산 눈밭 속에서 물오르기에 한창인 싱그러운 소나무도 오늘은 나를 더욱 우울하게 한다.

설날을 시골에서 지내며 비워두었던 집 현관문을 여는데 향긋한 꽃향기가 집안 가득했다. 정말 너무 반갑고 행복해 눈물이 핑 돌았다. 순간 나는 아름다운 프리지아 얼굴에 수없는 입맞춤을 퍼부었다. 외로움을 떨치기 위해 사 온 프리지아가 내게 행복감을 준 것이다. 별것 아닌 조그만 꽃이었지만 나에게 감동을 주고 행복감을 주었다면 그것으로 족하다. 외로움을 잊으려, 아니 즐기려 내 손끝에서 만져지는 오늘 이 순간의 부질없어 보이는 행위들이 당장이 아닌 훗날 행복감을 맛보게 해줄 수도 있음을 알았다. 하루하루의 삶은 냇물처럼 쉬지 않고 흐른다. 훗날 나의 삶 속 모든 의미들은 바다에 닿는 강물처럼 기쁨을 맛볼 수 있게 할 것이다. 비록 현재는 내게 외로움을 느끼게 할지라도.

내
삶의
자취

부산시 동대신동 3가 40번지, 여기가 나의 본적지고 나의 유년기와 청년기의 반을 보낸 곳이다. 조선물산장려운동을 지지하면서 근검절약을 생활의 신조로 삼고 살아가시는 아버지와 선이 굵은 듯하면서 순간순간 현명한 판단을 하시고 주위 많은 사람들과 조화로운 삶을 사시는 어머님, 아들 셋, 딸 일곱의 대가족 속에서 자랐다. 구덕산 숲과 계곡 속에서 함께 숨 쉬고 뛰놀았다.

시냇물에 떠운 종이배가 물결 따라 흘러가면서 돌에도 부딪치고 나뭇가지에도 걸리면서 떠내려가듯, 세월의 물결 따라 이리저리 흔들리는 장년기를 보내고 지금은 황혼의 그림자가 드리워진 들판에 서 있다.

초등학교 5학년에 6·25전쟁을 맞았다. 교사는 군에 수용되고 산비탈에 비탈진 모양대로 층층이 앉아 소나무 가지에 칠판을 걸어두고 산수와 국어를 배웠지만, 철없는 우리는 시원한 바람이 부는 산속에서의 수업이 마냥 즐겁기만 하였다. 우리는 중학교 입학 국가고시 1기였다. 가교사에서 촛불을 켜놓고 늦은 밤까지 방과 후 수업을 받았던 추억은 잊히지 않는다. 가로등 하나 없는 캄캄하고 무서운 밤길을 걸어오다 멀리서 내 이름을 부르며 마중 나오신 엄마의 목소리에 안도의 숨을 내쉬었던 기억이 난다.

청년기에는 구덕산 기슭 가교사에서 꿈을 키웠다. 6·25전쟁 때문에 산기슭에 판자로 칸을 지르고 벽을 쌓은 후 그 위에 군용천막으로 하늘을 가린 것이 교실이었지만, 젊음의 꿈이 자라고 낭만을 즐기는 데 부족함이 없었다.

교문에 들어설 때마다 구덕산 계곡에서 끊임없이 흘러내리는 물소리가 들려왔다. 봄이면 피어나는 향기로운 꽃바람 마시고, 여름이면 숲속 풀밭에 누워 울창한 나뭇가지 사이 쪽빛 하늘 바라보며 노래 부르고 친구들과 함께 뒹굴었다. 노오랗게, 붉게 물드는 나뭇잎 아래서 시를 외우고 고전을 읽었다. 우수수 떨어지는 낙엽을 주워 책 사이에

꽂으며 아련한 슬픔을 달래기도 했다. 어려운 수학, 화학 문제를 풀고 영어 공부도 하면서 대학 진학을 고민하고 훗날의 봄날을 그려 보기도 했다.

사범대학을 졸업 후 첫 발령지인 낙도(거제도)로 갔다. 배를 타고 떠나면서는 '마치 옛 선비가 유배지로 떠나는 기분이 이럴까?' 하는 생각이 들어 한없이 눈가를 적셨던 것이 생각난다. 갓 졸업한 첫 부임지 6학년 교실에서는 나보다 더 나이 든 것 같은 늙은 남학생 몇몇에 눈앞이 아찔하기도 했다(시골이라 아직 학제가 중, 고로 나누어져 있지 아니하였음). 그 후 초등계로 옮기면서 부산으로 왔지만, 아기자기한 해안선, 끝없는 바다, 여름밤 더위를 식히기 위해 찾아가던 방파제 끝에 선 하얀 등대, 밤을 지새울 것 같은 개구리들의 합창은 아직도 내 가슴속에서 놀고 있다. 그곳을 떠나던 날 기차 플랫폼과는 다른 뱃고동 소리 울려 퍼지는 선창가에서의 소박하고 따뜻했던 시골학생들과의 긴 이별은 영원히 잊히지 않을 추억으로 남아 있다.

어머니와 외할머니께서 살아오신 것처럼 나는 별다른 망설임도 두려움도 없이 부모님이 시키는 대로 결혼하고 다섯 아이의 엄마가 되었다. 부모님의 생활방식을 본받아 근검절약하고 주어진 환경에 충실하며 열심히 살아가면 부富도 명예名譽도 따라 오는 것으로 믿고 살았다. 단칸방에서 두 칸 방으로 옮기고, 전세에서 내 집을 마련할 때까지 뒤도 옆도 보지 않고 앞만 보고 달렸다. 항해에 오른 배는 때로 비바람과 태풍을 만나 거센 물살에 이리저리 흔들리기도 했다. 남보다 배로 많은 아이들의 입시, 취업, 혼인 등을 치르며 얼마나 많은 나날 동안 밤잠을 설쳤는지 모른다. 딸을 시집보내고 엄마는 운다는데 나는 넷째 딸을 보내고는 좋아서 웃었다. 서른다섯이 되도록 짝을 못만난 아들 하나는 더욱 힘이 들었다. 다섯을 모두 짝 지우고 나는 날아갈 것만 같았다. 그리고 뒤돌아보니 예순다섯의 머리가 센 할머니가 되어 손자를 안고 있었다.

눈 깜빡할 사이 모두가 과거가 되어버린 지금, 나는 무엇일까? 오로지 자식과 남편만을 바라보고 살아온 삶이 어리석어도 보인다. 제짝 찾아 모두 내 곁을 떠난 자식들, 때로는 섭섭하고 허무한 마음이 나를 외롭게 만들기도 한다. 그러나 한편으로는 저희끼리 오순도순 재미있게 살아가는 모습에 더 이상 바람이 없기도 하다. 이젠 홀가분한 기분으로 추수가 끝난 빈들에 붉게 타는 저녁노을을 바라보고 서 있다. 지금부터는 덤으로 살아가는 내 삶! 나는 무엇을 어떻게 살아갈까를 되뇌어본다. 글을 쓰면서 황혼의 들판을 가꾸어 봄은 어떨까? 내 황혼의 길에 풀도 뽑아주고 물을 주면서 아름다운 꽃이 피도록 부지런히 가꾸어 보고 싶다. 설령 그것이 한갓 헛된 꿈으로 끝날지라도.

이름

사람들은 누구나 이 세상에 태어나면서 자기 혼자만이 갖는 특별한 이름 하나씩을 부모님으로부터 받게 된다. 우리 모두가 가지고 있는 이름은 매우 중요하며 귀한 것이다. 어쩌다 동명이인이 있긴 하지만 세상에 하나뿐인 '나'의 이름은 소중한 것이다.

언제였는지 기억나지 않지만, 학교에 갔다 와서는 '제옥'이란 이름이 싫어 다른 이름으로 바꿔 달라며 매일같이 울었던 생각이 난다. 그렇게 싫어했던 이 이름을 칠순이 넘은 지금까지 잘 쓰고 있다. 이름에 얽힌 숱한 사연이 많지만, 부정적인 생각을 바꾸려고 애쓰면서 마음도 자랐고 이름을 지어주신 아버지를 항상 떠올리며 지금은 내 이름을 사랑하게 되었다.

초등학교에서는 아침 조례가 끝나고 교실에 들어가면 맨 먼저 담임선생님께서 출석을 부르신다. 남은 모두 두 자인데 나는 한 자다. 거기다 성까지 별나서 부끄러워 대답을 못 했다. 집에 가서 '남들처럼 김, 이, 박 하면 되고 이름도 두 자로 바꾸어달라'고 아버지 어머니께 막무가내로 졸랐다. 오빠들과 온 식구가 웃기만 했다. 아버지께서 '저 녀석이 간이 작고 배포가 없어서 그렇다'고 하시면서 꾸짖으셨다. 그 후 4학년이 된 어느 날로 기억하는데 아버지께서 나를 불러 앉혀 놓고 "이름을 바꾸려면 재판을 해야 하는 데, 그 과정이 너무나 번거롭고 귀찮아서 못했다. 꼭 원한다면 바꿀 테니 다시 한번 생각해보라."고 하셨다.

'옥'이란 이름의 동기는 이렇다. 줄줄이 아들만 낳던 집안에 딸이 태어났으니 아버지는 너무나 좋아하셨다고 했다. 보고 또 보고 또 보고 해도 옥같이 이쁘다고 옥이라 부르다 그대로 호적에 올렸다고 했다. "불면 날아갈까, 놓으면 꺼질까, 하며 옥같이 귀하게 키웠다."(물론 나를 달래려고 한 감언이설이다)고 하셨던 아버지다. 막상 그 아버지가 단호하게 말씀하시니 나는 덜컥 겁이 났다. 가만히 생각하니 성이 바뀌는 것도 아니고 나를 4년이라 '옥'이라 불러온 친구들을 생각하니 그것도 부끄럽고 미안했다. 결국 '그냥 쓰겠다'고 대답했다. 아버지는 세상에 하나뿐인 네 이름이 가장 좋은 이름이라 하시며 나를 달래셨던 게 지금도 생각난다.

　내 이름을 남에게 소개했을 때 그대로 알아듣는 사람이 드물다. 대개 90%는 되묻는가 하면, 앞에 김, 이를 붙인다. 그래서 나는 아예 처음부터 "성은 모든 제(諸), '저'에 'ㅣ'고, 이름은 '옥, 구슬 옥(玉)'입니다." 라고 말한다.

　중학교 때 소풍을 가는 전차 속에서 담임선생님이 '너 그 이름 누가 지었느냐'고 물으셨다. 아버지가 지었다고 대답했더니 '세상 모든 구슬이 네 것이니 얼마나 좋으냐, 아버지께서 작명을 잘하셨다'고 칭찬하시면서 '네게 잘 어울린다'고 하셨다. 선생님의 그 말씀에 나는 약간 용기도 생기고 자신감도 가지게 되었다. 그래도 마음 한구석은 여전히 이름에 관해 편치 않은 것이 사실이다.

　그 후 칠순을 넘길 때까지 좋은 이름으로 생각키로 마음먹으면서 살았다. 그런데 문파문학에서 많은 회원님들을 만나면서 모두들 호를 가지고 있음을 알았다. '잘됐다. 나도 이번 기회에 호를 하나 멋지게 지어야겠다'고 마음먹었다. 선생님들께도 부탁해보고 옆 문인들께도 부탁하던 중 어느 한 문인이 내 이름을 듣고 '호'인 줄 알았다고 했다. 다른 모임에서도 한 회원이 '諸玉'을 '호'라고 착각했다. 순간 번쩍 생각이 떠올랐다. 얼마 남지 않은 삶에 또다시 이름을 만들어 혼란을 일으킬 것 없이 '이 이름 하나만으로 여생을 살자'로 결정짓고 나니 마음이 홀가분했다.

자기 이름에 대한 믿음과 자신감은 삶을 살아가면서 큰 힘이 된다. 이름 때문에 남 앞에 나서기를 싫어하고 언제나 소극적이었던 나다. 이름이 좋다는 말 한마디는 내게 큰 용기와 힘을 실어주었다. 기다리던 딸에 대한 사랑이 어린 이름이고, 아버지 사랑을 듬뿍 받은 이름을 사랑하자고 마음 가지면서 차츰 내 이름을 좋아하게 되었다. 다시 '호'를 지어 부르게 하는 것도 부담스럽고, 듣는 나도 어색할 것만 같았다. 본명도 되고 '호'로 사용하여도 아무런 손색이 없을 것 같아 이대로 '제옥'으로 살아가기로 했다. 생각을 바꾸고 긍정적으로 나아가면서 내 이름을 귀하게 여기고 부모님께도 감사하게 되었다.

사람의 일생에도 그 크기와 색깔은 달라도
누구나 한 번의 봄날이 있다.

2

── ⋯✧ 따뜻한 솜씨 ✧⋯ ──

그리운 어머니

이른 봄 아침 강가엔 떠나기 싫어 꽃샘 부리는 겨울바람이 이룬 안개로 가득하다. 강 언덕 개나리꽃 무리는 연한 노랑 꽃안개로, 강가 수양버들은 허공을 휘감아 척척 늘어져 가지마다 연둣빛 구름안개로, 봄 시냇가는 갖가지 물안개로 가득하다. 부옇게 부유하는 안갯속을 걷노라면 떠나가 버린 사랑이 일렁인다. 포근했던 어머님 얼굴이 희미하게 그려진다. 없는 살림에 그 많은 식구들 이리저리 쪼개어 꾸려나가시던 어머니의 힘, 어려움 속에서도 늘 따뜻하게, 푸근하게 모두를 보듬어주시던 당신의 얼굴이 조용한 미소로 다가온다. 이른 봄 강가 안갯속에 다시 한번 포근히 안겨 본다. 오늘처럼 봄비 내리고 안개 자욱한 날이면 더욱 생각나는 어머님 얼굴이다. 어머님 사랑이 그리워진다.

일제강점기, 해방, 6·25 전쟁 등을 겪으며 가난했던 춘궁기 보릿고개를 넘기면서도 어머니는 어머님의 시가, 친정, 양쪽 형제(일곱, 여섯) 조카들까지 힘이 닿는 데까지 돌보셨다. 어머님의 마음은 대담한 것 같으면서 여리고 따뜻했다. 아버님께서는 조선물산장려운동을 실천하셨고 '잔돈을 아껴 써야 부자가 된다.'고 하시면서 근검절약을 강

조하셨지만, 어머님은 별말씀이 없으셨던 걸로 기억된다. 당신의 살아가는 모습과 처세술은 말 없는 가운데서도 우리들의 본보기가 되었다. 단호한 순간이 있는가 하면, 상대방의 편에서 들어주고 생각하는 모습은 우리들에게 자연스럽게 큰 교훈이 되었다.

시골 구석 남목리에서 당시 경상남도 도청 소재지인 진주로 유학해 진주일신여고(현재의 진주여자고등학교) 2회 졸업생인 그녀는 신세대 여성이기도 하지만 음식 솜씨, 손맛과 손재주는 타고 나셨던 것 같다. 한식은 물론이고 일본말을 하시고 신문화를 받아들여 밥상에 일식이 자주 올랐었다. 초등학교 소풍 때는 예쁜 찬합에 싸주신 화려한 갖가지 초밥, 주먹밥이 먹어 버리기가 아까울 정도였다. 생각만 하여도 군침이 돈다. 봄비 보슬보슬 내리는 날이면 뒤뜰의 부추를 베어다 부쳐 주시던 부침개, 돌나물로 만든 시원한 국물김치에 담겨져 있던 어머님의 손맛을 잊을 수 없다. 그립다.

열에 가까운 식구들의 옷가지를 혼자 손으로 만드셨다. 아버지 솜바지저고리, 오빠들의 바지와 남방, 딸들의 원피스와 블라우스, 갖가지 치마를 밤새워가며 뜨개질해 입혀 주시던 따뜻했던 솜씨. 딸이 일곱인데 한 사람도 어머님을 닮지 못했다. 가세가 기울어 어려웠을 때 어머님께서 "옥아, 나랑 함께 양장점을 차리자."고 제안하셨다. 당신은 가정과에서 재단을 배우고, 디자인을 배웠으니 할 수 있으리라 생각하셨겠지만 나는 "자신이 없어 못하겠다."고 하여 무산되었다. 어머니는 꽤나 자신이 있으셨던 것이다. 어머님이 만들어 주신 예쁜 원피스를 입고 학교에 가면 친구들이 부러워하던 초등학교 시절이 생각난다.

유난히도 떠나기 싫어 눈이 내리고 바람 불고 오래도록 질척대던 올해 겨울이었지만, 그 속에서도 새로운 계절은 어김없이 찾아왔다. 강가에는 갖가지 꽃구름 안개가 피었다. 봄비 촉촉이 내리는 오늘, 부연 물안개 속에서 어머님의 사랑이, 모습이 피어오른다. 언제나 인자하시고 희생만 하셨던 모습, 닮고 싶은 손맛과 솜씨가 그리워진다. 많이 보고 싶다.

여덟 번째 기일에 부치는 편지

어머니 여덟 번째 기제일忌祭日(음력 유월 십오일)이 다가옵니다. 조카며느리 손에 받아 드시는 게 마음 편치는 않으시죠! 그래서 그런지 해마다 저 혼자 대표로 참석한답니다. 오뉴월 염천이라는 말이 있지요. 오늘도 무척 덥습니다. 무더운 여름에 세상 떠나셨으니 얼마나 힘이 드셨을까 생각됩니다만 음력 6월 15일은 황천문이 활짝 열렸으니 극락왕생하셨으리라 믿습니다(불교에서 죽음의 삶日이라 함).

치매로 앓기 시작해서 세상 뜨시고 그 후 지금까지 십 년이 넘는 세월 동안 이곳은 어머님이 깜짝 놀랄 만큼 변했습니다. 다섯 아이 끈을 모두 맺어주고 아들 따라 수지로 이사 온 후로는 새로운 삶을 시작하고, 늙어가는 모습에 삶의 끝에 대한 준비도 생각하게 되면서 한순간도 헛되게 보내지 않으려고 노력하며 살아갑니다.

2002년 7월 21일 교통사고가 나고 사흘 만에 정신을 차리고 보니 어머님이 세상을 뜨셨더군요. 제 목숨 하나 건져놓으시고 가신 어머님의 주검! 아직도 그 악몽이 잊히지 않습니다. 그해는 아들 혼인날 받고, 발을 다치고, 아름다운 나이아가라 폭포 아랫마을에서 한 달간 생활하고(Buffalo, 막내딸 산후조리를 위한 미국행), 교통사고를 당하고, 어머님 별세하시고, 집을 팔고 샀으며, 귀한 손자를 안았고, 이사까지 하는 등 제게는 너무나 다사다난한 일 년이었습니다. 부산에서의 제 삶에 한 획을 긋고 상경도 했지요. 아들 따라 수지로 이사 온 후는 덤으로 사는 인생이라 생각하고 열심히 살려고 노력하였습니다. 그 아들이 삶의 터를 부산으로 옮기면서 우리도 따라 다시 부산으로 이사를 하게 되었습니다.

어머님이 가신 후 많은 것이 변했답니다. 지금도 자고 나면 변하고 변하는 세상입니다. 전화는 길을 걸어가면서도 걸고 받고, 초등학생 이하를 빼고 온 국민이 거의 다 가지고 있답니다. 컴퓨터라는 것이 있는데 이 컴퓨터를 모르면 오늘날의 세태 변화에 따라갈 수가 없습니다. 어머님께서 주렁주렁 차시던 열쇠꾸러미, 집에 들어갈 때 쓰던 열쇠도 필요 없습니다. 번호를 입력하면 열리던 것이, 손가락 지문으로 열다가, 이제 제가 사는 아파트에서는 저와 가족들이 기계에 얼굴만 대면 열 수 있습니다. 어머니 이해가 되십니까! 상상을 뛰어넘고 있지요!

옛날에 어머님과 제가 미국, 캐나다, 일본으로 보름, 열흘, 일주일씩 걸려가며 편지로 소식을 주고받았지요. 우체부 아저씨가 전해주시는 따뜻한 엄마 편지를 받으면 기뻐서 가슴이 마구 콩닥거렸답니다. 떨리는 손으로 겉봉을 뜯어 읽던 맛, 그 맛을 우리 아이들은 몰라요. 요즘은 인터넷이라는 것이 있어 그날 그 순간 바로 소식을 주고받는답니다. 빨라서 좋은 점도 있지만 자상하고 정이 깃든 어머님의 글, 그러한 글이 읽고 싶답니다. 서로 깊은 정을 나누는 글도 될 수 없고, 살면서 일어나는 애환들을 자상하게 얘기할 수도 없는 그저 용건만 간단히 전하는 글에 그치니 언제나 아쉬움이 남는답니다. 그러면서도 다시 펜을 들어 편지를 쓰게 되지도 않습니다. 미국에 사는 동생하고도 인터넷으로 바로바로 얘기한답니다. 어머니, 세계가 하나입니다. 무섭도록 빠르게 변해갑니다.

어머니! 덤으로 사는 인생 열심히 살아서인지, 당신의 끼를 받아서

인지 일흔이 넘은 나이에 제가 등단을 하였습니다. 그날 수여식은 조촐하였지만 알찼습니다. 그 자리엔 어머님이 계셔야 했고, 당신의 큰 사위가 앉아 있어야 했습니다. 저는 가슴이 벅차고 서러워 목이 메고 눈물에 눈앞이 흐렸습니다. 이번 기제일에는 어머님 무덤 앞에서 등단 당선작 「덕수궁 돌담길」을 소리 높여 읽어 드릴게요. 또 어머님 시도 낭송해드리겠습니다. 아버님 무덤 앞에 앉아 무심코 읊으시던 한 같은 이야기도 적어 놓으니 詩였습니다. 비석에 새겨 어머님 무덤 앞에 세워두었답니다. 매번 갈 때마다 허둥대는 마음으로 차를 대기시켜놓고 산소를 찾았는데 올해는 푸근한 마음으로 어머님, 아버님을 찾아뵙겠습니다.

어머님을 보내고 그해 12월 수지로 이사 와서 팔 년간의 삶은 급변하는 시대에 따라가려고 노력하는, 제 인생의 새로운 도전이고 도약이었습니다. 어머니! 이 글을 쓰면서는 울지 않을래요. 이젠 담담히 엄마를 보내드릴 수 있게 되어갑니다. 저도 점점 어머님 가까이 다가가고 있으니까요. 며칠 전에는 분당 서울대병원 응급실도 갔다 왔습니다. 결론은 뚜렷한 병명도 없고 '신경 쓰지 말고 푹 자라'고 합니다. 병명도 없다면서 약은 한 달 치를 주었어요. 상경 전의 내 삶은 자식과 남편을 위한 희생의 삶이었다면, 상경 후에는 저 자신을 위해, 스스로의 개발과 발전을 위해 시간을 보내고 삶을 살았습니다. 앞으로도 사는 날까지 최선을 다하는 삶을 살겠습니다. 어머니 다가오는 기제사忌祭祀에는 해운대 주상복합으로 오셔야 합니다. 큰 조카가 거기로 이사를 하였습니다. 잘 찾아오십시오. 그곳에서도 건강 조심하시고 저희들 사는 모습 지켜봐 주십시오.

봉선화

봉선화는 일년초로 여름에 피는 꽃이다. 작렬하는 뙤약볕에도 굴하지 않고, 천둥번개와 함께 쏟아지는 소나기 속에서도 환하게 웃는다. 함초롬히 수줍음을 타는 꽃, 처녀처럼 다소곳이 아래로 드리워져 핀다. 꽃이 진 후 조롱조롱 매달린 복슬강아지 같은 씨앗이 다섯 조각으로 갈라지며 탁 터지는 게 신비롭기까지 하다.

오늘 우연히 봉선화를 아파트 화단에서 보았다. 한 뼘 정도 크기에 줄기도 잎도 살이 쪄 통통한 것이 서로 키 재기를 하듯 나란히 나란히 자란 것을 보면서 그동안 잊고 있었던 어린 시절이 생각났다. 어머니께서 재긴 봉선화 잎을 내 손톱 위에 얹어 호박잎으로 싸매면 손톱은 어머니 사랑으로 물들었다.

내가 어릴 때 봉선화는 집집마다, 길거리마다 동네 우물가, 학교 등 어디를 가던 쉽게 볼 수 있었고, 색깔은 赤(진홍, 감홍), 黃, 紫, 白 등으로 네댓 가지였다. 요즘은 네일아트라는 게 있어 붉은 것부터 노랑, 파랑, 심지어 검은색도 칠한다. 색의 다양성은 봉선화에 비하면 이루 말로 표현할 수도 없다. 거기다 그 작고 좁은 손톱 위에 각양각색의 그림도 그린다. 요즘은 이렇게 화려한 색과 무늬로 손톱에 칠해서 멋을 과시하지만, 옛날에 손톱뿐만 아니라 주위 손가락까지 물들던 봉선화물이 자꾸 생각난다. 어머니께서 정성 들여 싸매주신 호박잎이 떨어지지 않을까, 봉선화가 아주 빠져나가 버리지 않을까, 하는 조바심 속에서 잠을 청했다가 다음 날 아침 일어나면 손톱엔 곱게 봉선화 물이 들고 어머니의 따뜻하고 정겨운 사랑도 물들어 있었다.

어린 시절, 오뉴월(음력) 삼복더위가 스스르 기울 때면 어머니는 약이 오를 대로 오른 봉선화 잎을 따서 돌 위에 놓고 꽁꽁 찧어 소금과 백반을 넣고 재어두시고, 뒤뜰의 호박잎도 따서 그늘에 말려 시들시들하게 만들었다. 저녁을 먹고 잠들기 전, 등물을 치고 모기장에 들 때쯤이면 재겨놓은 봉선화와 시든 호박잎, 시침실 꾸러미를 드신 어머니 앞에 딸들이 옹기종기 둘러앉는다. 주위는 숙연할 정도로 조용해지고 일곱 딸은 까만 눈동자를 굴리며 차례를 기다렸다.

어머니는 시든 호박잎 위에 제일 먼저 막내의 새끼손가락을 올려놓고, 손톱 위에 찧어놓은 봉선화를 조금 얹고 곱게 싼 흰 시침실로 칭칭 맸다. 어머니가 우리들 손가락을 모두 싸맬 동안 우리는 차례로 땀 흘리는 어머니에게 부채질을 했다. 한 사람은 연신 실을 잘라 어머니 손에 쥐여드린다. 이렇게 공동 작업이 끝나면 호박잎에 쌓인 손톱이 뚫어지지 않게 가슴 위에 두 손을 얹고 조용히 잠든다. 어머니의 사랑이 물든다.

아침에 눈을 뜨면 누운 채 걱정하던 손톱을 제일 먼저 올려다본다. 호박잎이 하나도 뚫어지지 않은 사람은 없었다. 손톱은 물론이고 주위 살갗도 물들었지만 곱게 물든 손톱이 좋았다. 우리는 누구 손톱이, 어느 손톱이 가장 잘 물들었나 견주어 보면서 깔깔거렸다.

나는 네일아트를 잘 하지 않는다. 게을러서다. 그러나 결혼식, 돌잔치 등 축일에는 옷에 맞추어 예쁘게 칠한다. 그러면 언제 보았는지 손녀 녀석이 매니큐어 병을 들고 내 곁에 찰싹 붙어 고사리 같은 손을 쪽 내민다. 난 어쩔 수 없이 손녀가 시키는 대로 한다. 그러나 올해는 아파트 화단의 저 어린 봉선화가 쑥쑥 자라 더위를 이겨낸 쯤에 잎을 따다가 내 손녀의 손톱에 물을 들여줘야겠다. 오래 가고 변하지 않는 내 사랑을 물들이면서 먼 옛날을 그려도 보고, 가슴 깊이 물든 내 어머니의 사랑도 손녀에게 전하고 싶다.

헌 전구와 구멍 난 양말

전구는 전기를 통하여 밝게 하는 기구로 필라멘트를 사용하여 빛을 밝히는 등(백열등)이며 일반적으로 사용하는 등이다. 네온전구, 나트륨전구, 수은등 등 방전 작용을 이용한 등도 있다.

내가 초등학교 시절에는 전구(백열등)가 고작이었다. 이 전구는 우리 생활에 없어서는 안 되는 귀중한 존재였다. 전구에는 15w, 30w, 60w 등 밝기에 따라 여러 종류가 있다. 그때는 유리가 약해서 조금만 부딪쳐도 깨어지고, 가정에 들어오는 전력이 일정하지도 않아 자주 '픽' 하고 터져 버렸다. 덜렁덜렁 소리가 나고, 필라멘트가 끊어진 게 보이는 동그란 전구를 어머니께서는 버리지 않고 구멍 난 양말을 꿰맬 때 요긴하게 이용하셨다.

양말은 남녀노소男女老少 모두가 신는다. 요즘은 양말이 떨어져서

신지 못 하지는 않는다. 고무줄이 늘어나고 형태가 변하고 색깔이 추물어져 버려지는 경우가 더 많다. 이것은 나일론이라는 섬유의 발명 덕이다. 내가 어릴 때는 순면純綿이고 기술도 부족하여 양말이 며칠을 신지 못하고 구멍이 났다. 특히 아버지와 오빠들의 것은 사흘이 못 되어 구멍이 나니 어머니는 저녁 후 밤마다 필라멘트가 끊어져 못 쓰게 된 전구를 넣어 양말 깁는 일로 겨울 긴 밤을 보내던 모습이 지금도 눈에 선하다.

그 후 오래도록 형광등만 보아온 나는 전구는 모두 옛것이 되어 가정용은 나오지 않는 줄 알았다. 그런데 이사 온 새집 거실에 전구가 꽂혀 있었다. 스위치를 올리는 순간 온화하고 포근한 느낌이었다. 따뜻한 엄마의 정이 새록새록 피어났다. 추운 겨울밤 모든 일이 끝나고 온 식구가 잠들려는 시각, 방에 들어오신 어머니는 벽장에서 필라멘트가 터져버린 전구와 떨어진 양말이 가득 담긴 바느질고리를 꺼내 양말을 기우셨다. 해마다 겨울이 되면 어머니와 함께 따끈한 아랫목에서 양말 꿰매던 일이 생각난다.

양말의 앞부분은 못 쓰게 된 양말의 성한 부분을 골라 본을 떠서 기웠다. 그러나 양말의 뒷굽은 바느질하기가 여간 어렵지 않았다. 그러면 어머니는 동그란 전구를 양말 속 굽에 대고 가로 세로를 씨줄 날줄로 천을 짜듯 엮으면서 한참을 이어갔다. 그러다 보면 구멍이 모두 깨끗이 막혔다. 전구로 구멍 난 양말 뒷굽 깁는 방법을 그때 배웠다. 긴긴 겨울밤 나는 엄마 곁에 앉아서 전구로 구멍 난 양말을 꿰매면서 어머니가 들려주는 '곶감과 호랑이', '정랑에 나타난 귀신' 이야기들을 들으면서 바느질을 이어나갔다.

요즘은 꿰매어 가며 신지도 않지만 구멍 난 양말은 보기도 드물다. 예쁘게 기워주신 내 양말을 친구들에게 자랑하고 싶어 발을 죽 내밀어 보이기도 했다. 어머니의 손길과 정이 깃든 기운 양말은 따뜻했다. 오늘처럼 영하의 추운 겨울밤 잠 못 이루어 긴 소파에 의지하고 전구를 바라보니 떨어진 양말을 꿰매던 일, 양말 기우면서 들려주시던 어머님의 옛날이야기들이 가슴이 저리도록 그리워진다. 천정에서 매달아 내린 따스한 불빛 전구, 따끈한 온돌, 따뜻했던 어머님 손길, 이 모두가 나를 그리움에 사무치게 한다. 많이 보고 싶다. 어머니!

추석

우연히 쳐다본 하늘, 쪽빛 초승달이 떴다. 팔월이라 한가위 저 달이 차면 추석이다. 추석이 오면 제일 먼저 떠오르는 것은 엄마 생각이다. 명석 펴고 온 식구가 둘러앉아 송편 빚던 일, 마당 가득 놋 그릇(제기) 모두 내어놓고 기왓장으로 곱게 가루를 낸 것으로 그릇 닦으시던 어머님, 팔월에 들어서면 벌써부터 그 많은 식구들의 추석 빔을 걱정하시고 한 가지씩 준비하시던 어머님, 수없이 시장을 오르 내리시면서 생선을 사다 말리시고 고사리, 취나물, 도라지 등 갖가지 마른 나물거리들을 미리 찬물에 불리어 제수 준비에 땀 흘리시던 어 머님, 내가 어릴 때는 저 달 속에 토끼가 방아를 찧는다고 했었는데 지금 나는 저 달 속에 어머님 얼굴을 그려본다.

추석은 언제나 느긋하고 풍성한 어머님 품 같은 명절이다. 누런 물 결 이는 넓은 들판, 빨갛게 노랗게 물들어가는 과일 나무, 어느 것 하 나 아름답지 아니한 게 없다. 사과, 배, 밤, 대추 등 잘 익은 과일과 햅 쌀밥, 햅쌀떡으로 제일 먼저 조상님께 올린다. 사방으로 흩어졌던 식 구들은 무겁도록 든 선물꾸러미 들고 고향으로 찾아든다. 추석은 모 두를 한자리에 모이게 하는 명절이다. 떠나는 아들딸들은 차에 햅쌀

자루, 고추 자루, 햇과일 등 풍성한 가을을 가득 담아간다. 추석이 다 가오면 친정 찾은 딸에게 한 가지라도 더 챙겨주시려고 분주히 드나 드시던 어머니 그 가슴이 그립다.

낮 동안 전유어, 산적, 생선구이, 튀김 등 모든 제수를 한 채반씩 늘어 놓고 보면 둥근달이 중천에 떴다. 마당 가운데 펴놓은 멍석 위에 뜨거운 물로 잘 반죽 된 쌀가루 양푼을 놓고, 그 둘레에 오빠까지 온 식구가 둘러앉아 송편을 빚는다. 추석 노래, 달 노래 모두모두 부르기도 하고, 누가 제일 예쁘게 빚었나 가리기도 하면서 웃음꽃을 피웠다. 솔향기 묻어나는 송편, 김이 무럭무럭 나는 송편에 엄마는 빠른 손놀림으로 고소한 참기름을 바르셨다. 달은 어느덧 새벽으로 기울었고 어느새 오빠들은 보이지 않고 어린 동생들도 꿈나라로 갔다. '이젠 모두 들어가 잠자'라는 엄마의 음성이 추석이 되면 들리는 듯하다. 아마도 엄마는 밤을 꼬박 새웠을 것이다. 오늘날의 고도로 발달한 기계문명을 누리지 못하고 항상 일 속에 묻혀 한세상을 보내신 나의 어머니시다.

추석이 다가오면 새 신발, 새 양말, 엄마가 손수 지어주신 추석빔이 생각난다. 새 옷을 입고 동무들과 숲속에 떨어진 밤을 줍고, 추자(호두)를 따 반석 위에 놓고 돌로 깨다 튀는 추자 물에 새 옷이 온통 얼룩졌다. 해마다 추석이 되면 울상이 되었던 그때의 기억이 떠오른다. 많은 식구들의 명절빔을 한 땀 한 땀 손수 지으시던 어머님, 잠은 언제, 몇 시간이나 잤을까? 한 명씩 완성된 옷을 입혀 보면서 빙그레 웃음 지으시던 어머님 모습을 저 달 속에 그리니 달빛이 흐려진다.

고추는 지붕 위에서 검붉게 마르고, 끝없이 펼쳐진 들판에는 누렇게 익은 벼가 황금물결 친다. 고추잠자리는 낮게, 더 높게 빙빙 돌며 날고, 언덕바지 누렁 둥이 호박, 담장에 매달린 박은 따가운 가을햇살에 짙게 익어간다. 외가댁 앞마당엔 주렁주렁 매달린 대추와 가지가 휘도록 달린 감이 풋내는 잃어가고 불그스름하다. 오곡이 익어가는 풍성한 계절에 맞이하는 추석은 따뜻한 어머님 품 같다. 금년은 유난히도 무더웠던 여름과 따가운 가을 햇볕에 풍년을 맞았으니 제일 크고 좋은 것만 골라서 어머님 제사상을 차려드리고 싶다.

군자란
君子蘭

어머님 군자란君子蘭이 꽃을 피웠습니다. 어머님께서 다독거려 주신 그 군자란입니다. 실은 지난겨울 마루에 두었는데 여러 사람이 드나들다 가운데 꽃대가 넘어져 부러졌습니다. 죽을 줄 알았었는데 어머님께서 "괜찮다"고 하시며 토막 난 꽃대를 잘라 버리고 다시 심고 물을 주고 하신 겁니다. "아주 죽지는 않겠구나." 하면서도 이제 꽃을 보려면 또 몇 년은 기다려야겠다고 생각했었습니다.

이게 웬일입니까! 가운데에서 꽃대가 올라오지 않겠습니까! 그래도 의심이 가시지 않은 가운데 하루, 이틀, 사흘이 지났습니다. 끝이 불그스레한게 고개를 내밀더니 곧 붉은 자태를 탁 터트리며 고고高高한 웃음을 한껏 발發하기 시작했답니다. 그 후 사나흘, 오늘은 열한 송이가 붉은 합창合唱을 하고 있답니다. 꽃대가 꺾인 지 꼭 일 년 만의

일입니다.

어머님의 따뜻한 손길에 저희가 자랐듯이 굽어져 자라는 꽃대를 볕을 향해 돌려가며 고루 햇볕을 쬐었더니 이제는 꼿꼿하게 꽃대를 세운 열한 송이의 붉은 꽃다발이 얼마나 아름다운지! 어머님을 바라보듯 합니다. 날며 들며 마루에 앉거나 서거나 눕거나 제 시야에 들 적마다 그 환한 어머님의 모습을 떠올립니다.

어머니! 거실 앞 베란다 한가운데서 군자란이 활짝 웃고 있습니다. 어머님의 웃음처럼 밝게 피어 있습니다. 건강하십니까? 목소리는 여전히 힘차고 명랑하셨는데…! 저는 세월이 너무 빨리 가버려 얼마 남지 않은 시간들을 어떻게 보내야 할지를 고민하고 있답니다. 어제는 곧 태어날 갓난아이 이불을 만들며 '어머님께서도 제게 이렇게 하셨을 텐데' 하면서 잠시 생각에 잠겼습니다. 로사 예정일이 6월 2일이라 6월 한 달은 정신없이 지나가겠습니다.

어머니! 다가올 더위에 몸조심하시고 항상 풍성하시고 더욱 평안하시옵소서.

어머니께서 재긴 봉선화 잎을 내 손톱 위에 얹어 호박잎으로 싸매면
손톱은 어머니 사랑으로 물들었다.

3

··✦ 고운 글 한 편 ✦··

시계문학 발디딤 일년을 맞으면서

이번 기가 끝나면 시계문학에 발 담근 지 꼭 일 년이 된다. 우연히 신세계 문화센터 프로그램 안내서를 읽다가 '현대시 창작 이론과 실제' 반이 있음을 보고 무조건 등록을 했다. 옛날 여고 시절 이화여대 국문과에 다니던 S 언니와 편지를 주고받으면서 문학에 대한 관심이 생겼고, 나도 글을 한 번 써 봤으면 하는 생각을 잠시 한 적이 있었다. 그 후 흐르는 시간의 물살에 허우적거리며 떠가느라 잊혀진 채 잠재의식 속에서만 있었던 열망이 작용한 것이다. 그동안 몇 번을 '그만두자'고 되뇌면서도 여기까지 오긴 왔다. 앞으로도 이런 생각을 아주 떨쳐 버리지는 못하면서 계속 시간은 흘러갈 것이다.

막상 등록을 하고 수업에 임하고 보니 모든 게 낯설고, 아는 이라고는 없다. 그보다 아는 게 없다는 것이 큰 벽으로 내 앞을 막았다. 책을 읽지 않았다는 게 더 큰 후회로 내 앞에 다가섰다. 글을 써 보지 못한 나로서는 너무나 난감하고 도무지 감이 잡히지 않았다. 숙제를 챙기시는 선생님의 목소리에 가슴은 뛰고, 글을 쓰는 사람들의 모임에 끼어들어 어울리지 않는 글을 써 모두에게 웃음거리가 되지는 않을까 걱정도 했다. 거기다 평소 기계치인 나는 컴퓨터를 만져야 하는 부담까지 있었으니 지난 일 년을 어떻게 지냈는지 모르겠다.

선생님의 여섯 번째 시집은 처음엔 읽어도 '모르겠다'였다. 「운학산의 소나무」, 「남자는 오레오라고 쓴 과자 케이스를 들고 있었다」, 「거울닦기」 등은 아직도 고개를 갸우뚱하고 있다. 셀 수 없이 읽고 손톱만큼씩 느껴 갔다. 그래도 '어떻게 이렇게 사유할 수 있을까?'라는 생각에 닿으며 마냥 허탈해진다. 또 한편으론 '오랜 시간이 흐르면 조금은 닮아가게 되지 않을까!' 하는 기대도 가져본다.

요즘은 틈틈이 책방도 들린다. 꽉 막힌 내 가슴과 머릿속을 펼쳐 보려고 가끔은 쉽게 가슴에 와 닿고 이해가 되는 고운 글을 찾는다. 청순하고 소박한 글들을 접하면서, 시계문학에 발을 담지 않았으면 이런 작품들을 영영 모르고 지나쳐 버렸을 거라는 생각이 들 땐 여기에 인연의 손이 닿았음에 내심 무한한 감사를 드린다. 뚜렷한 종교관도 없어 누구랄 것도 없이 그저 '감사합니다'를 되뇌어 보기도 했다.

글을 쓰기 위해서는 나 자신을 실오라기 하나 걸치지 않은, 발가벗은 상태로 두어야 하겠다는 것이 머리에 들어오면서 글쓰기가 너무나 어렵다는 것을 깨달았다. 그렇지만 내게 주어진 시간이 얼마인지는 몰라도 지금처럼 서두르지 않고 조용히 조금씩 다가갈 것이다. 선생님의 따뜻한 가르침 속에서 꿈을 키우며 창시반 수필반 모두의 손을 잡고서 아기 걸음마로 한발 한발 내디뎌 볼 생각이다. 오늘따라 말끔히 갠 하늘에 새하얀 구름처럼 내 마음도 함께 둥실둥실 날아간다.

새로운 얼굴들을 맞이하면서

●

입추, 말복, 처서가 다 지나고 아침저녁엔 제법 찬 기운이 살갗에 닿는다. 하지만 여름의 끝자락에서 마지막 힘을 내뿜듯 낮 기온은 30℃ 안팎의 뜨거운 불볕이 연일 계속되고 있다. 오늘은 구월 학기가 시작하는 날이다. 내게는 이년 째가 되는 첫날이기도 하다. 작년 이맘때 보도블록에 떨어지는 낙엽을 보면서 가슴을 떨고 있었던 기억이 난다. 새로 들어온 식구와 기존 식구가 함께 모였다. 한자리에 마주 앉아 자기소개도 하고 서로 인사 나누며 각자의 지나온 소감과 미래의 희망, 바람, 꿈 등을 이야기하는 시간을 가졌다.

신입생 가운데는 이미 등단한 이도 있었다. 아직 미혼인 이십대와 막 결혼한 신혼부터 달려온 삶을 뒤돌아보는 여유를 즐기며 '마음은 아직 청춘이다'고 말하는 노년층까지 다양한 색깔들이 모였다. 모두가 '글을 써보고 싶어서'라는 목적 하나로 모였다.

삼사십대의 젊은이들을 보면서 나는 그들이 너무나 부러웠다. 어떻게 글을 써보겠다는 생각을 할 수 있었을까? 반갑기도 하고 존경스럽기도 했다. 나는 그 나이에 무엇을 하고 있었을까? 과연 시간이 없었을까? 크게 때늦었음에 부끄럽기까지 하다. 한편 그들은 요즘같이 풍부한 물자 속에서 남편의 이해를 얻어 자기개발할 수 있는 시간적, 경제적 여유가 있는 행운의 세대들이다.

돌이켜 생각해보면 나의 세대는 희생과 절약을 미덕으로 알고 살아온 세대다. 남편과 자식을 위해 희생하고, 가난에서 벗어나기 위해 근검절약하면서 알뜰히 살아 한 칸 방에서 두 칸 방으로, 전세에서 내 집 장만하느라 뒤도 옆도 보지 않고 앞만 보고 달렸다. 첫째가 초등학교 입학할 때까지 친구도 이웃도 모르고 지냈다.

지금은 아침에 잠에서 깨어 동이 트면 트는 대로 어두우면 어두운 대로 찻잔을 들고 내 집 뒷산이 보이는 창틀에 다가선다. 여명도 좋고, 푸른 산야가 시야에 확 들어와도 좋다. 이 아름다운 계절, 푸른 녹음 위에 오늘 아침 노랑 물감 한 방울 뚝 떨어졌다. 호수에 던진 돌이 동그라미 그리며 번져 나가듯, 내일 아침 또 떨어질 한 방울이 녹음을 노랗게 물들여 가겠지. 그렇게 가을을 보내고 나면 헐벗은 나뭇가지 위엔 흰 눈꽃을 피우겠지. 이런 생각들을 하며 여유를 부려본다. 나는 지난 시간 못다 한 것들 마음껏 그려 볼 생각이다.

우연한 기회에 얻은 인연으로 훌륭한 선생님의 손끝에 닿는 영광을 얻었다. 새로운 젊은 후배님들의 만남도 이루어졌다. 새 식구에게 나는 선배가 된다. 따뜻하신 선생님과, 많은 선후배님의 그늘에 서 있고 싶다. 지난 일 년은 낯설고 익숙지 못한 환경에 순응하는 데 급급했다. 지금도 많이 미흡하지만, 이젠 이 물속에 풍덩 빠져 마시고, 느끼고, 내뿜어 보리라는 맹세를 저 파란 하늘을 향해 띄워본다.

부산 부녀장학회 오십 주년을 맞으면서

오십여 년 전 우리나라는 6·25 전쟁으로 모든 강산이 폐허가 된 암울한 시기였습니다. 가난으로 학업을 중단해야 하는 여학생을 돕고, 여성의 지위를 향상시키려는 열정으로 그 어려웠던 시절에 부산 부녀장학회를 설립하신 창립 선배님들의 노고와 그 숭고한 정성에 감사드립니다. 오늘 오십 주년 기념일에 즈음하여 다시 한번 더 깊숙이 고개 숙입니다.

'부산 부녀장학회'란 이름을 처음 접한 것은 지금부터 20여 년 전이다. 그 당시엔 부산의 대단한 재력가들의 모임이었고, 회원이 되고 싶은 막연한 마음이 있었다. 그 후 내 나이 환갑을 넘기고 스스로를 되돌아보게 되면서 작은 힘이나마 나누는 삶을 살아 보고 싶어졌다. 당장 부산 부녀장학회 회원인 친구에게 '입회하고 싶다'고 했다.

입회하고 보니 창립 멤버님들은 거의 고인이 되셨고, 살아계시는 분들 대부분은 건강이 여의치 아니하여 회의에는 참석하지 못하였다. 회원은 20명 안팎이었다. 회원이 되어 제일 인상 깊었던 것은 본 장학회의 장학금으로 공부했던 학생들이 다시 장학회 회원으로 활동하는 것이었다. 아름답고 훌륭한 일이었다. 그 외에도 부산 부녀장학회 장학금으로 학업을 마친 많은 여성이 사회 여러 분야에서 국가와 지역 발전을 위해 활동하고 있었다. 2010년부터는 현 회장님이 열성으로 만든 CMS 제도로 많은 회원을 확보하여 부산 부녀장학회는 더욱 탄탄히 발전해오고 있다.

1963년에 창립한 이후 2013년에 이르기까지 50년 동안 우리나라는 너무나 달라졌다. 그 무서웠던 가난이 없어지고 잘사는 나라, 대한민국이 되었다. 풍부한 물자와 자유를 마음껏 누리며 자라나는 새싹들을 볼 때면 희망과 무한한 꿈이 곧 나래를 펴 날 것 같아 기쁘다. 현재는 아날로그 시대에서 디지털 시대로, 자고 나면 변하고, 눈 깜빡할 순간 또 변한다. 이 급변하는 시대에 우리 부산 부녀장학회는 어떻게 대처해야 할지 고민해야 한다는 생각이 들었다.

50여 년간 3,000여 명의 여자 장학생을 길러낸 부산 부녀장학회다. 창립 회원님들의 숭고한 교육열과 사랑의 열매다. 전쟁, 혁명으로 좌

절한 시대를 지나 가난을 이겨내고, 역동하는 시대 속에서도 소리 없이 조용히 창립 본래의 사명을 이어가고 있는 자랑스러운 부산 부녀장학회다.

이제 우리 후배 회원들은 선배님들의 큰 뜻과 그 사랑의 베풂을 이어 받아 나가야 할 것이다. 사회가, 국가가 아무리 풍족하여도 풍요 속에 고통받는 낙오자가 없는지를 살피면서 그들에게 용기와 희망을 불어 넣는 부산 부녀장학회가 되도록 힘써야겠다.

GNP

이만 불로 향하는 우리나라

부산을 떠나 수지에 살게 된 8년 동안 수없이 上京 下釜을 거듭했다. 주로 이른 새벽이나 늦은 밤에 서울역, 부산역, 수원역을 드나들게 되었다. 이곳 역사를 드나들 때마다 마주치게 되는 노숙자들은 나에게 혐오감을 주기에 무서워 멀리하고 싶었다. 추운 겨울 문을 밀고 들어서는 순간 매캐하고 아릿한 코를 찌르는 이상한 냄새! 무더운 여름이면 거의 상의를 벗은 채 벌렁 드러누운 모습은 나를 너무나 당혹스럽게 했다. 몇 사람 외는 육체적으로 모두 건장하다. 신문지 한 장에, 또는 폐지 한 장에 의지하고 누운 그들을 볼 때마다 걱정스럽고 반드시 국가적인 대책이 있어야 할 것 같다고 생각했다.

어느 날 KTX 막차가 닿은 밤 열두 시가 조금 지난 시각, 허겁지겁 옛 서울역 청사를 지나고 지하도를 지나는데 많은 수의 그들이 이 구석 저 구석에 폐지나 신문지를 깔고 잠을 청하는 것을 보았다. 순간 섬뜩했다. 이 길을 지나가야 하는데 하면서 숨을 죽였다. 그들이라고 가족이 없었을까! 혈연, 학연, 지연 어느 인연보다 신문지 한 장의 인연이 더 편했을까? 내 얼굴, 네 얼굴 맞대하기 싫어 신문지로 덮은 얼굴들. 마음은 내 집, 내 사람을 만나고, 내 동네를 끝없이 달리고 있지 않을까? 하는 생각은 꼬리를 물고 계속되었다. 나는 그들을 위해 무엇을 했으며 무엇을 할 수 있을까? 고작 그들의 손에 몇 닢의 돈을 던

졌을 뿐 아무것도 한 것이 없다. 많이 부끄럽다.

내가 어릴 때 보아온 1950년대, 1960년대의 노숙자(그때는 '거지'라고 불렀다)는 그야말로 누더기 옷에 깡통을 든 가난한 이들이었고, GNP가 이백 불도 못될 때였다. 미국의 원조로 연명해 온 나라라고나 할까! 주식(옥수수가루)에서부터 피복, 의류는 구호품을 사 입을 수 있으면 최고였다. 그 후 박정희 전 대통령이 새마을운동을 일으키고 산업화, 공업화를 부르짖고 '잘살아야 한다'고 외쳤다. '새마을노래'가 만들어지고 '하면 된다'와 '할 수 있다'는 구호 역시 외쳤다. 우리는 조금씩 잘살게 되어 2010년 오늘, 현재는 GNP 이만 불을 향해 달리고 있다. 그런데도 밤에 驛舍를 이용하는 그들을 볼 때 나의 마음은 한없이 무겁고 어두워진다.

오늘날 GNP 이만 불 시대를 사는 우리의 주변에는 아직도 많은 수의 노숙자가 있다. 1950년, 1960년대의 노숙자는 그야말로 경제적으로 궁핍하여 병들고 말라 뼈만 앙상했다. 오늘날의 그들은 대개 신체는 건장하다. 마음이, 의지가 있으면 일을 할 수 있을 것 같았다. 의복이 남루한 것도 아니고 경제적인 이유보다는 정신적으로 피폐한 것이 아닐까 하는 생각이 들었다.

시간이 되면 사회단체에서 주는 밥을 줄 서서 받아 먹고, 역사에서 잠을 청하면서도 아무런 부끄러움도 부담도 느끼지 못한다. 일하지 아니하고도 숙식이 해결되어 하루하루를 살아간다. 아무런 생각이 없다. 분명 마음이 병든 사람들이다. 얼마나 큰 쇼크로 저렇게 무기력하게 되었을까! 안타깝고 생각만으로도 가슴이 답답해진다. 국가적인 차원에서 저들을 보호할 수는 없을까! 노숙자가 사라지고 밤거리가 무섭지 아니하고 평화롭고 향기로운 사회가 언제쯤이면 가능할까! GNP가 더 올라가면 노숙자가 없어질까? 모두가 잘사는 우리나라가 하루빨리 왔으면 좋겠다.

정
情

　　'정'이란 고운 말이다. 사전적 의미는 '사물에 느끼어 일어
나는 마음의 작동'이다. 남녀 간의 애정, 부부의 정, 이웃 간의 정, 동
물에 대한 정, 자연을 사랑하는 것도 정이다.

　　수지로 이사 온 지 칠 년 육 개월 만에 하향下鄕한다. 처음은 여기가
낯설어 부산을 매주 가다시피 하던 것이 지금은 그 수가 점점 줄면서
한 달에 한 번도 어렵다. 그만큼 나도 모르게 수지가 편해졌다. 이사

를 결정하고 나니 그 사이 든 정에 가슴이 멍해진다. 매일 엘리베이터에서 만나던 이웃, 골프연습장 친구, 매주 나가던 목요 모임, 문우님, 눈만 뜨면 제일 먼저 대하던 내 집 뒷산, 성복천변 모두에 알게 모르게 정이 들어 다가온 작별에 가슴이 아파온다.

짙은 녹음에 푸른 숲인가 하면 곧 정열을 불태우던 내 집 뒷산, 새하얀 눈이 새아씨처럼 살포시 내려앉으면 탐스러운 흰 꽃송이들이 주렁주렁 매달던 나뭇가지를 두고 가는 게 아쉽다. 갖가지 연둣빛으로 따스한 봄 햇살에 하늘거리던 눈부신 나뭇잎들은 가슴을 설레게 했다. 새벽에 물오리 자맥질하던 성복천변, 온갖 꽃들이 곱게 수채화를 그린 천변둑, 모두 보고 싶을 텐데 어찌 감당해야 할지 벌써부터 가슴이 저려 든다. 드는 줄 모르고 찾아든 정이 잊히기까지는 얼마나 긴 시간이 필요할까!

처음 이사 와서는 이웃 간에도 말없이 지내고, 반상회에 나가도 내가 제일 연장자라 누구하고도 대화가 없었다. 그래도 8년에 가까운 시간이 흐르면서 눈인사에서 미소로, 미소가 한두 마디 대화로 이어지면서 정이 들었다. 아파트 같은 층에 마주한 동갑내기인 집 주인 아주머니께선 다리가 아파서 조심스레 걷는다. 거의 매일을 나다니는 나를 무척이나 부러워하는 눈빛으로 바라본다. 그러면 나는 "천천히 조심해서 걸으세요." 하며 미안해했다. 이제 떠난다는 말을 해야 하는데 아직도 꺼내질 못하고 있다. 조용히 마주하고 눈인사 나누던 그들에게 떠난다는 말을 어떻게 할까. 정이란 참으로 무섭다는 생각이 든다.

지하 골프연습장에서 거의 매일 만나던 사람들에게는 어제 작별인사를 했다. 낯선 땅에 뚝 떨어진 기분으로 시작된 내 삶이 조용한 세월의 흐름 가운데서도 정을 쌓아 놓은 모양이다. 모두들 한 달에 한 번씩은 꼭 보자고 한다. 참 고마운 사람들이다. 이 늙은 나를 대접해주는 말에 나는 잠시 가슴이 찡했다.

제일 힘이 드는 건 문우님들과의 작별이다. 시작부터 '여기에 소질이 없는 것은 아닐까' 하는 생각과 자신감 부족으로 그만두는 것을 몇 번 고민했었다. 그럴 적마다 끌어주시고 토닥여주시던 여러 선후배님들, 그 힘에 여기까지 오게 된 이 영광을 어떻게, 무엇으로 보답해야 할지. 내게 크나큰 숙제로 남았다. 또 더 좋은 글을 쓸 수 있을까도 의문이다. 삼 년째 들어가는 세월에 나도 모르게 든 정, 따뜻했던 얼굴을 하나하나 떠올려보니 고마운 마음뿐이다. 이 교실에선 자주도 질금거렸다. 생각하니 또 눈앞이 흐려진다. 전혀 다른 계층, 삼십 대부터 칠십대라는 연령의 갭, 남녀 성별의 차이, 이렇게 다양한 색깔의 사람들과도 정이란 것이 솟아남에 의구심이 날 정도다. 참으로 정이란 게 우습기도 하다.

아침잠에서 깨자마자 찻잔을 감싸 쥐고 창문가에서 뒷산과 마주하던 일상, 주섬주섬 옷 챙겨 입고 걷던 성복천변, 오래오래 머릿속에서 지워지지 않을 것 같다. 자연과의 교감으로 우러난 정도 잊기가 어렵겠다. 엘리베이터 속에서 만나던 이웃, 언제나 웃으며 말을 건네던 이웃들은 참 따뜻했었다. 우연히 맺어진 이 인연은 나도 모르는 사이 정이라는 것으로 돈독해졌다. 불교에서는 '인연은 어느 몇 겁의 연에서 이루어진다'고 한다. 그렇게 믿고 싶다. 그것도 과거 어느 좋은 만남에서 시작된 것이 현실에 닿았다고 믿고 싶다. 이 좋은 인연으로 만난 사람들과 시간의 흐름으로 든 정, 놓치지 않고 오래도록 간직하고 싶다.

산은 말한다

잠에서 깨어 채 덜 떨어진 눈을 비비며 또 유리창 문틀에 다가선다. 큰 유리문을 열고, 바깥 유리문을 열자 상큼한 맛의 공기가 내 가슴 깊숙이 빨려 든다. 생수 한 잔 들고 다시 창문틀에 기대선다. 밤을 지새웠는지 풀벌레 소리는 여전하고 이제 막 깍깍거리기 시작하는 새들은 아침 인사로 요란하다. 동이 트고 희뿌옇게 안개 드리워진 산야가 전개되면 우리의 이야기도 시작된다.

부산이 고향인 나는 바다를 항상 쉽게 접하다 보니 자연스럽게 바다가 좋아졌고 산에 대해선 깊이 생각해 볼 기회가 없어 무심히 지나쳐 버렸다. 이 집에 이사 와서 아침에 눈만 뜨면 산과 제일 먼저 눈인사하고 시간만 나면 뒷산을 오르면서 산과 친해졌고 산을 좋아하게 되었다.

산 그림자, 구름 그림자 따라 하루에도 수없이 바뀌는 얼굴. 일 년을 두고는 더 큰 그림으로 변하는 것을 바라보면서 많은 생각을 하게 된다. 삶을 살아가는 방법도 가르쳐 주고, 차면 버리는 법도 알려준다. 가슴속 끓는 불길도 흰 눈과 함께 녹여주고 깊은 서러움도 녹음의 바다 속에선 녹아내려 입가에 살며시 웃음이 드리워진다.

지금은 삶의 지혜를 깨우쳐주기도 한 뒷산을 나는 너무나 좋아하게 되었다. 한 폭의 수채화가, 그것도 계절에 따라 바뀌는 그림이 우리 집 뒷면 전부를 장식하고 있기 때문이기도 하다. 산보다 바다를 좋아하고 마음이 울적할 땐 차를 몰고 해변으로 가 소리치고 울부짖었는데, 이젠 매일 눈만 뜨면 창가에 기대선 채 산과 얘기 나눈다. 원망도 해 보고 하소연도 하고 욕도 마구 내뱉는다. 그래도 메아리가 없다. 철없이 구는 영감의 고집은 감당할 길이 없어 내버려 두고라도, 자식들에 대한 섭섭함은 무겁게 가라앉는다.

남편과 자식을 위해 희생하고 살아온 삶이 후회스럽지만 이젠 답이 없다. 겨울엔 나무가 혹한을 이겨내려고 잎을 모두 버리는 것을 본다. 나뭇가지에 새움이 트는 봄엔 여린 연둣빛 순이 돋는가 하면, 유록의 산야에 짙은 녹음이 찾아오고, 언젠가 떨어진 노랑 물방울로 단풍이 들어 나목이 되는 모습에서 나는 내 삶의 의미를 찾게 되었다. 폭설, 비, 바람 모두 보듬어 춤도 추고 눈꽃 피우고, 녹음으로 이룬 초록 바다도 가을이란 계절엔 낙엽으로 다 버린다.

출렁이는 바다, 짙푸른 바다, 성난 바다를 바라보면서 그 어떤 힘을 느낀다. 산은 말이 없다. 계절에 순응하면서 사는 법을 말하고 있는 것 같다. 현재의 나는 힘을 쓸 수도 쓸 필요도 없다. 분노, 욕심, 바람 다 내 안으로 받아들이고 내 가진 것 모두를 저 나무처럼 내려놓을 수 있는 법을 배워야겠다. 아낌없이 다 버릴 수 있을 때 내 마음은 잔잔한 호수가 된다는 것을 저 산을 바라보면서 매일 조금씩 배우고 있다. 녹음의 바다도 좋고, 나목의 산도 좋고, 흰 눈이 펄펄 내리는 날이면 강아지들보다도 내 마음은 더욱 설레고 날뛴다. 산이 좋아서!

눈 내리는 겨울 창밖

잔뜩 흐린 날씨다. 눈 아니면 비가 올 것 같다. 오랜만에 서울 나들이를 한다. 친구를 만나 왜식집에 들어갔다. 빈자리가 없어 나갈까 하는데 주인장께서 창가를 가리키며 의자 두 개가 있다며 어떠냐고 했다. 우리는 그냥 그곳에 앉기로 했다. 큰길을 바라다보고 있는 창가가 싫지 않았다. 주인은 주문을 받으면서 운치가 있어 좋지 않으냐고 했다. 우리도 "예, 낭만이 깃드네요."라고 웃으며 인사하고 앉았다.

창밖에 순간순간 변하는 그림이 흥미롭고, 바라보며 흐르는 시간이 마냥 즐거웠다. 하얀 담배 연기를 날리며 유유히 걷는 사람, 자전거에 물건을 싣고 달리는 사람, 붕어빵을 입에 물고 걷는 아이, 호주머니 속에 두 손을 푹 찔러 넣고 깊은 생각에 잠겨 느릿느릿 걷는 이,

마을버스가 지나가고, 차들은 질주하고…. 갑자기 흰 눈이 훨훨 내린다. 길 건너편 놀이터엔 언제부터였는지 꼬마들이 털모자 장갑으로 완전 무장하고 자전거를 타고 있다. 할머니는 우산을 받쳐들고 만면에 웃음꽃 흠뻑 머금고 아이들을 지켜보고 있다. 눈은 거침없이 내린다. 부우연 회색빛 하늘이 다가온다.

음식이 나왔다. 김이 무럭무럭 나는 우동에, 창밖에는 흰 눈이 내리고 우리의 가슴은 아이마냥 뛰고 즐거워 흥분하기 시작했다. 눈이 쌓이면 눈사람도 오시겠다, 저 놀이터에. 친구와 나는 붕어빵과 군고구마를 사기로 했다. 호주머니에 넣고 옛날 학창 시절 모양으로 먹으며 저 길을 걷자고 하며 함박웃음을 날렸다. 우동은 식어가고 눈은 더욱 펑펑 쏟아진다.

자리를 옮겨 자작나무 벽난로가 돋보이는 Angel's coffee 카페에 들어섰다. 문을 밀자 코 끝에 닿는 상큼한 커피 특유의 향내에 눈물이 핑 돌았다. 학창 시절 르네상스 찻집이 생각나면서 아련한 옛 추억이 내 눈가를 촉촉이 젖게 한 것이다. 창가에 자리 잡고 앉으니 한쪽 벽을 장식한 예쁜 찻잔들이 눈에 확 들어온다. 발갛게 달아오르고 있는 벽난로는 차가움을 안고 들어온 우리를 따뜻하게 데워 주었다. 차를 주문하면서 친구는 올겨울의 첫눈이 오니 겨울새 백조가 떠오른다며 차이코프스키 작 〈백조의 호수〉를 부탁했다.

하늘이 밝아온다. 갑자기 눈이 멎었다. 넓적 넓적 흰 떡가루가 하늘에서 훨훨 내렸는데…. 아쉽다, 좀 더 내렸으면. 카페를 나오니 눈은 깨끗이 멎고 산뜻한 바람에 파란 하늘이 보였다. 무섭도록 쏟아지던 함박눈은 그쳤다. 운치가 있다고 자랑하던 주인장의 모습이 머릿속을 스친다. 흰 눈까지 내리는 겨울 창밖 그림은 정말 아름다웠다. 우산이 없어 걱정했던 나는 가벼운 기분으로 길을 걸었다.

아
침

환한 빛깔 따스한 햇살이 유리문을 뚫고 스며든다. 햇살이 얼굴을 간질인다. 아침이다. 아침 햇살은 대지에 생명감을 준다. 생명의 힘을 안고 있는 땅 위 모두는 기지개를 켜고 몸을 이리저리 뒤집는다. 햇살을 머금고 하루가 시작되는 것이다. 알싸한 맑은 공기로 하루가 시작된다. 모든 시작은 희망과 기대로 가득하다. 하루의 시작, 삶의 시작 등 시작은 아름답다. 동녘에 여명이 밝아오는 순간 무한한 가능성을 연다. 아침은 하루의 시작이다.

아침보다 이른 새벽이다. 눈을 뜨면 주섬주섬 옷을 단단히 입는다. 새벽 시장을 향해 달리다 보면 여명이 밝아온다. 젊었을 때는 새벽 시장 가는 것을 즐겼다. 식구가 많아서 많이 사야 하는데 그곳은 아주 싸다. 인심도 후해서 많이 준다. 그래서 자주 가기도 하지만 새벽 시장은 삶의 현장이다. 덜 깬 잠도 시장에 들어서면 확 달아난다. 정신이 번쩍 든다. 물속에 가둬 둔 생선도 사람들도 펄펄 생기가 나고 힘이 솟아난다. 여기저기서 싸우는 소리인지, 웃는 소리인지, 목청을 높여서 말해야 내 소리가 들린다. 그러니 자연히 한 옥타브씩 올라가게 된다. 이곳에 나온 사람들과 함께하면 나도 힘이 나고 기대감으로 부풀게 된다.

"어-" 하고 지르는 소리가 경매 시작을 알린다. 그 소리의 외침과 함께 부지런히 손가락을 구부렸다 폈다 하는 사이 "엇" 하고 어느 한 사람에게 손가락이 멈춘다. 산더미처럼 쌓였던 생선 상자들은 순식간에 팔려 나간다. 무, 배추도 마찬가지다. 소매상 손에 건너온 물건을 사도 동네 가게의 절반 값이다. 새벽 시장의 물건은 모두 싱싱하다. 펄떡펄떡 뛰는 돔, 새파란 비늘의 갈치, 전복, 소라, 멍게 등등 싱싱한 횟감 모두 사고 싶은 것들이다. 신선한 야채, 과일을 담아 차에 실으면 구멍가게 주인인 줄 알고 차를 조금 더 큰 것으로 바꾸라고 충고도 해준다. 나는 너무나 행복했다.

아침은 내게 가장 중요하고 소중한 시간이다. 온 식구들의 아침식사를 준비해야 하고 다섯 아이의 도시락을 싸야 한다. 직장으로 학교로 가는 사람들의 옷, 양말, 손수건도 챙겨 주어야 하고, 용돈, 책값 등 줘야 할 돈도 줄을 선다. 한 사람 한 사람 현관문을 나서는 뒷모습을 창 너머로 바라보고 있노라면 희열과 행복이 느껴졌다. 모두 다 나가고 혼자 남게 되면 그제야 피곤이 찾아온다. '일에 묻혀 사는 것 같아 힘이 든다.'고 중얼거리며 따끈한 차 한 잔으로 목을 축였다. 모두가 지난날의 즐거웠던 추억으로 기억된다.

아침은 하루의 시작이다. 요즘은 희뿌옇게 아침이 밝아오면 시원한 생수 한 잔 들고 창가에 다가서서 말이 없는 산과 눈 맞추고, 성복천변을 걸으면서 아침을 연다. 하얀 벚꽃은 뭉게구름을 피웠고, 샛노란 개나리 손짓하는 강둑은 환상의 극치다. 탄천에 그림자 드리운 연둣빛 물안개에 살포시 안기고 싶다. 흐르는 물소리, 자맥질하는 오리 가족을 바라보면서 행복감을 맛보는 여유를 부린다. 이 고운, 그림보다도 더 아름다운 자연을 만끽하면서 모두를 오래도록 사랑하고 싶다. 기쁨으로 연 아침은 오늘 하루를 행복으로 가득 채웠다.

폭염 속 장맛비

서늘한 촉감에 잠이 깨었다. 바람이 조용히 일고 있는 상쾌한 아침이다. 고개를 왼쪽으로 돌리니 간밤에 열어둔 유리창 문으로 물기 흠뻑 먹은 진록의 숲이 시야에 들어온다. 엷은 안개가 감싸 안고 있는 숲은 평화롭다. 밤잠을 설치게 하던 무더위는 새벽녘에 내린 비로 한풀 꺾인 듯하고 살갗에 닿는 공기는 싸늘하기까지 하다. 이 계절이 다할 때까지 가끔 한 소금씩 비도 뿌려주고 바람도 불어주면 한더위를 보내기가 얼마나 편할까 싶다.

　　십구 층 눈높이와 마주한 산의 숲은 미동도 없다. 숲은 싱싱하고 힘이 솟아나는 강렬함을 자랑하고 있다. 작열하는 태양으로 눈부시게 반짝이는 잎은 아름다운 생명력을 과시했다. 여기에 남국의 스콜처럼 내린 간밤의 엷은 비바람은 안정되고 평화로운 숲을 만들어 놓왔다. 그들은 더욱 진해진 진록의 싱그러운 몸짓으로 바람을 일구고 있다. 단잠을 깨운 서늘한 촉감은 사람들에게 생기를 불어넣고 있다. 이만하면 더위를 넘기기가 어려울 게 없을 것도 같다.

올해는 여름나기가 너무 힘이 든다. 피부도 늙었고, 체질도 바뀌어 더욱 더위를 이겨내기가 어렵다. 외손자가 쓰던 baby powder를 바르고 있다. 삼베요 홑청에 삼베이불을 덮고도 땀에 젖어 선잠을 자던 이삼일 전에 비하면 간밤은 시원했다. 오뉴월 염천이라도 간밤처럼만 되면 여름나기는 어렵지 않으련만 이제 겨우 초복이 엊그제였으니 올여름 지낼 일도 걱정거리다. 바람이라도 자주 불어주었으면 한다. 오늘 새벽처럼 비가 한줄기씩 쏟아지길 바라는 마음이다.

지금 이대로 가을로 접어들었으면 하다가도 아니다. 곡식이 익고 영글어야 한다는 생각에 고개를 흔든다. 아직은 불볕더위에 찌는 듯한 태양열이 필요하다. 차분히 가라앉혀 중복, 말복, 처서를 모두 보내야 한다. 빨갛게 사과가 익고, 청포도가 영글어 가고, 가지가 휘도록 매달린 앞마당 푸른 대추가 붉어 몸판이 골이 지도록 따가운 햇볕이 쬐여야 한다. 오늘 아침 일기예보에서 내주부터 장마가 끝나면 30도가 넘는 불볕더위가 시작된다는 소식이 들려왔다. 아마도 올해 농사는 풍작이 되겠다. 그래도 길 가다 소나기라도 흠뻑 맞고 싶어진다.

지금도 날씨는 불볕을 퍼부으면서 한여름을 달리고 오곡은 익어가고 있다. 더위를 이겨내는 방법으로는 물에 뛰어들기, 독서 삼매경에 빠지기, 에어컨 속에서 지내기 등등이 있겠지만 간밤의 선들한 바람은 그 어떤 대처 수단보다도 매력적이었다. 땀을 식혀줘서 고마웠다. 새벽녘 잠시 바람을 안고 내린 비는 열대야에 허덕이는 나에게 형언할 수 없는 반가움을 주었다. 상큼한 아침이었다.

만주

계절을 알리듯 스산한 바람이 인다.

빨갛게 노랗게 물든 나뭇잎이 한 잎 두 잎 허공을 난다.

하늘 높이 철새가 줄지어 날아온다.

억새는 따가운 햇살에 빛바랜 하얀 머리 흔들거리고

키 작은 갈대도 온몸을 서걱이며 울어댄다.

한층 두터워진 옷차림에 긴 머플러 날리는 여인

가을이 깊어 가고 있다.

못내 아쉬움에 떨리는 가슴 안고 낙동강 하구언을 찾아보았다. 처음 가보는 곳이라 큰 기대로 가슴은 부풀어 발걸음은 허공을 날고, 눈은 먼 곳으로만 사방을 빠르게 휘돌아본다. 아무도 없는 텅 빈 광장, 나뒹구는 낙엽은 조용히 흐르는 팝송과 어우러져 춤을 춘다. 표지판 지시에 따라 전망대 꼭대기에 올랐다.

탁 트인 시야, 먼 산야는 불타고 있다. 잔잔히 흐르는 낙동강이 한눈에 들어온다. 강바람이 몹시 차다. 하늘 높이 이름 모르는 철새가 새까맣게 일 열로 줄지어 날아오고 있다. 아마도 겨울새가 이곳 을숙도에서 겨울을 날 모양이다. 온몸을 불사르는 태양에 긴 그림자 드리운 정원수들, 마지막으로 매달린 잎이 눈부시게 반짝인다.

계절은 가을의 한가운데 서 있다. 아니, 북쪽 지방엔 첫눈이 왔단다. 모두를 벗어버린 나무, 빛바랜 흰머리 고갯짓하는 억새도, 서걱이며 울어대는 갈대도 곧 푸른 옷을 벗어 던질 테고, 겨울 철새는 잊지 않고 찾아올 것이다. 이렇듯 모두가 다음 길을 준비하고 있다. 나는 어디쯤일까! 가을의 끝자락에서 서성이고 있는 것은 아닐까! 나는 무엇을, 어떻게 준비할까. 서산의 아름다운 노을처럼 내 삶의 끝자락도 고운 빛의 여운이 드리워질 수 있을까!

낙동강 하구에 해가 진다. 오색찬란한 빛이 하늘과 땅을 붉게 물들인다. 유리창에 내리꽂힌 빛이 나를 포근히 감싸 안는다. 가을의 한가운데서 내 삶의 가을을 음미하게 된다. 전망대 외각 층대를 하나하나 밟고 내리면서 나를 감싸고 있는 따뜻한 가을 햇살이 아름답다. 발아래 사그락거리는 낙엽, 몇 잎만 매달린 벚나무 아래를 지나 정자나무 밑을 거닐어 본다. 머플러는 마냥 높게 세차게 공중에 날린다. 가을은 깊어만 간다.

억새는 따가운 햇살에 빛바랜 하얀 머리 흔들거리고
키 작은 갈대도 온몸을 서걱이며 울어낸다.

4

맑고 밝은 길

새벽 성복천변을 걷는다

새벽 시각 아직 창문 밖은 깜깜하고 아침 안개가 자욱하다. 솜털옷 두껍게 입고 모자를 푹 눌러쓰고 털장갑에 목도리까지 두르고 길을 나선다. 아파트 문을 나서는 순간 쌩한 찬 공기가 머릿속을 싸-하게 한다. 아파트 단지를 벗어나 큰 차도를 지나 개천에 닿았다. 성복천에서 탄천까지 이어지는 잘 정비된 천변을 나는 무척 좋아한다. 이렇게 정비해 가는 국가 시책에 박수를 보낸다. 나이 많은 노인층에게 운동할 수 있는 너무나 귀중한 공간을 만들어 줘서 좋다. 천변을 걸으며 철 따라 갈아입는 천변의 옷자락에서 계절의 이름을 찾고 그들과 어우러져 한 해 한 해를 보낸다.

사방은 아직도 캄캄하다. 길 건너 고층 빌딩의 네온사인 불빛, 천변에 띄엄띄엄 서 있는 외등 불빛은 냇물 위에 붉고 푸르게 고운 수를 놓고 있다. 갑자기 푸드덕 나는 검은 물체에 놀라 유심히 보니 겨울새 오리가 가족을 이끌고 차례로 물속에 뛰어들고 있다. 자맥질해서 아침 식단을 차릴 모양이다. 누런 옷 입은 허수아비 개망초, 청포, 갈대, 강생이풀이 힘겹게 늘어서 있다. 땅에 납작이 드러누운 퇴색된 누런 잔디, 갖가지 일년초들의 잔해, 천변은 모두 누런 제복을 입고 있다. 머잖아 백설의 흰옷으로 갈아입을 것이다. 그 화려했던 봄날, 꽃피고 새가 날고 나비가 날아와 앉던 청춘이었는데. 그래도 흐르는 물소리만은 예나 지금이나 졸졸거린다.

자전거가 스쳐 지나간다! 두 눈만 내고 머리부터 손끝 발끝까지 날렵하게 감싼 모습이다. 먼지 이는 차도를 피해 천변을 택한 출근하는 젊은 직장인들, 뛰는 사람, 경보하는 사람, 흐르는 냇물과 함께 유유히 걷는 사람으로 강변은 새벽을 열고 있다. 강둑에 설치된 갖가지 운동기구가 하나둘 움직인다. 노래하는 천변, 천변은 힘이 솟기 시작한다.

돌아오는 길엔 먼동이 트고 나무다리 위에 내려앉은 서리인지 살얼음인지는 여전히 하얗다. 난간을 잡고 조심스럽게 건넜다. 두 시간 정도 걷고 집에 들어서자마자 온돌방 대신으로 사용하는 전기장판 속에 몸을 녹인다. 물주전자에 물이 끓으니 라면이 생각나기도 하지만 먼저 커피 한 잔에 그 특유의 향과 맛을 음미한다. 조깅으로 아침을 열고, 자식들로부터 걸려 올 전화를 기다린다. 저녁노을 같은 내 삶을 돌아보며 이런저런 공상과 망상에 잠긴다.

아직은 성복천변을 활발히 걷고 냇물 따라 걸으며 낭랑한 물소리에 매료되는 여유로움을 가질 수 있어 기쁘다. "어머니 잘 주무셨어요?" 하고 묻는 자식들의 전화벨이 곧 울릴 것이다. 누런 제복 벗어 던지고 녹색으로 단장하는가 하면 금세 붉게 단풍이 들어버리는, 이렇게 변화무쌍한 성복천에서 탄천까지의 천변 길을 얼마나 더 오래 함께할 수 있을까?

단종 유배지 청령포를 찾아가다

휴가를 내어 온 딸의 권유로 딸, 외손녀 삼대가 함께 강원도 영월로 겨울 여행을 단행했다. 새벽 여섯 시에 집을 나섰다. 죽전역에서 지하철로 동서울터미널에 도착해 영월행 여덟 시 직행 버스에 올랐다. 그날따라 유난히 추운 날씨였고 따뜻한 부산 지방 사람들은 서울의 찬 공기에 잔뜩 움츠러들고 있었다. 강원도 영월을 향하는 연도엔 북으로 올라갈수록 눈 덮인 산야가 시야에 많이 들어온다. 유리창엔 하얗게 서리가 끼고 물기가 흘러내렸다. 단종의 유배지 청령포가 이번 여행의 제1 목표라는 딸의 말에 나는 초등학교 때 배운 사육신 생육신이 떠올라 조금 무거운 기분이 들었다. 예정한 시각에 영월 기차역에 당도하니 미니버스가 대기하고 있었다. 먼저 온 일행에 우리가 합류하자 그 차로 다시 한 시간을 달려 청령포 나루터에 도착했다.

1455년 조선 제6대 왕인 단종은 세상에 태어나자마자 어머님-현덕왕후-이 돌아가시고 할머니-소헌왕후- 손에서 자랐다. 12살에 아버지마저 잃고 왕위에 오르나 숙부인 수양대군에게 왕위를 빼앗긴다. 그다음 해인 1456년 성삼문, 박팽년 등의 왕위 복위의 움직임이 발각되어 사육신 사건이 일어나고, 상왕은 노산군으로 강봉된 뒤 1457년에 청령포로 유배되었다. 나루터에서 멀리 바라다보이는 육

육봉 암벽은 과연 기암절벽이고 깎아 세운 듯한 돌산은 들판 서쪽을 완전히 가로막고 있었다. 남, 동, 북으로는 청령포, 나룻배를 타지 않고서는 들어갈 수가 없는 곳. 유배지로는 최적격이었다.

겨울이라 관광객도 그리 없었고 우리가 탄 버스 속의 사람들이 전부였다. 기다리고 있던 나룻배는 살얼음을 깨고 앞으로 나아간다. 강바닥이 들여다보이는 강물은 깊고 맑았다. 얼굴을 스치는 강바람에 사람들의 목은 자라목처럼 기어들고 눈만 내고 목도리로 칭칭 감아 얼굴을 감쌌다. 십 분이나 지났을까? 배가 강변에 닿자 큼직큼직한 둥근 차돌이 강변을 포장해 놓은듯해 내디디는 발걸음이 조심스러웠다. 단종의 슬픔을 간직한 울창한 송림 속에는 솔향기가 가득했다.

섬 속에는 단종어소, 단묘재본부시유지, 금표비, 관음송, 망향탑 등이 있다. 단종어소는 기와집으로 당시 단종이 머물렀던 본채와 행랑이 있고 밀랍인형으로 그때의 모습을 재연하고 있었는데 그 얼굴이 서양인이라 보기가 좀 민망하고 얼굴이 찌푸려졌다. 한국인의 모습으로 했으면 하는 바람이다. 어소 담장 안에 있는 단묘재본부시유지(단종이 이곳에 계실 때의 옛터)는 영조 대왕의 친필로 기록되어 있다. 관음송에는 단종이 두 갈래로 가라진 이 소나무에 '걸터앉아' 쉬었다는 전설이 있다. 단종의 슬픔을 보았으며(觀), 오열하는 소리를 들었다(흡)는 뜻에서 觀音松이라 한다. 망향탑은 층암절벽 위에 세워진 탑으로 자신의 앞날을 예측할 수 없는 근심 속에서도 한양에 두고 온 왕비 송씨를 그리워하며 여기저기 흩어져 있는 돌을 쌓아 탑을 만든 것으로 단종이 남긴 유일한 유적이다. 청령포 수림지는 수십 년에서 수백 년생으로 거송이 있는 단종 유배지를 중심으로 울창한 송림을 이루고 있어 장관이었다.

어린 나이에 부모를 잃고 17세에 생을 마감하게 된 비운의 단종 유배지를 돌아보는데 마음이 무거워 발걸음이 떨어지지 않았다. 금력, 권력 모두가 무상인 것을. 모두가 허허롭다. 사약을 받고 숨진 단종의 비애에 가슴이 아팠다. 기억 저편에서 사라져가던 역사를 다시 꺼내 사육신 생육신의 이름을 더듬어 보았다. 무거운 가슴으로 발걸음을 재촉하였다.

길상사 吉祥寺 를 찾아가다

화사한 봄날을 채 만끽하기도 전에 갑자기 다가선 여름날이다. 법정 스님의 '맑고 향기로운' 도량 길상사가 불현듯 찾아보고 싶었다. 지하철 4호선 한성대역에서 6번 출구로 빠져나와 지하 계단을 올라서니 먼발치에서 길상사 미니버스가 나를 기다리고 있었다. 성북동 멋진 주택가를 끼고, 고운 새순의 연둣빛 산자락을 바라보면서 10여 분을 달려 길상사에 닿았다. 아담하고 정갈한 기와집이 띄엄띄엄 한 채씩 조용히 앉아있다. 애절한 삶이 담겨있는 이곳을 법정 스님께 시주한 여인은 이후 2년 만에 세상 모든 인연을 놓아버리고 잠들었다. 그로부터 십여 년 후 법정 스님 또한 원적圓寂하셨다(2010년 3월 11일). 산자락 생긴 대로 꾸며진 절, 단아하고 고즈넉하다. 군데군데 붙여둔 법정 스님의 말씀이 눈에 들어온다. 법정 스님의 손길이 살아 숨 쉬고 있는 듯했다.

길상사 문을 들어서는데 지금껏 보아온 절과는 많이 다르다는 느낌이 들었다. 절이라면 일주문 양편으로 반드시 사천왕의 탱화가 있는데 길상사에는 보이지 않았다. 사시巳時 예불에 참석하려고 대웅전을 찾았지만 그 역시 보이지 않았다. 시간은 늦고 급하여 물었더니 극락전이 큰 법당, 즉 대웅전이라고 했다. 극락전에 들어가 삼배를 하고 자리에 앉으니 제단 앞 불상들이 한눈에 들어왔다. 불상이 여느 절처럼 웅장하지도 않고, 제단 위 음식을 높게 괴지도 않았다. 법당 안과 제단 주위가 흰색 천으로 되어 있어 깔끔한 인상을 주었다. 화려하지도 않으면서 단아하고 향기로운 느낌이다. 책으로만 접했던 법정 스님을 마주하는 듯했다. 사천왕의 탱화가 없고, 대웅전이 없는 특별한 절이었다.

예불을 마치고 극락전을 나오니 향긋한 꽃 내음이 코끝을 스친다. 그러고 보니 절 내는 갖가지 꽃들로 꽃향기 가득하다. 보랏빛 라일락 천리향, 함박웃음 웃는 황매화, 설유화, 꽃잔디 등 이름 모르는 야생화들은 앙증맞게 앉아 있다. 담장 따라 언덕에는 여러 모습의 어린 동자 불상이 놓여 있다. 극락전 앞 수령 268년의 느티나무는 수많은 불자들의 쉼터를 만들어 주었다. 싱그러운 연둣빛 잎사귀가 여리고 고운 햇살에 눈이 부시도록 반짝인다. 느티나무 아래 벤치에 앉아 잎새 사이로 하늘을 쳐다본다. 이 아름다운 동산을 쉽게 버릴 수 있었던 그 여인은 어떤 삶을 살았을까. 오늘따라 하늘이 더욱 푸르다. 옆 건물 한옥 절방에서는 은은한 찬가가 흘러나온다. 법정 스님의 불경 소리가 들리는 듯하다. 아마도 사월 초파일 석가탄신일을 기념하기 위한 찬불가 연습이 한창인 모양이다.

한옥이지만 내부는 현대식으로 정갈하게 다듬어진 찻집에는 차를 마시며 담소하는 사람들이 있다. 일반 신도들도 들어가서 자기 자신을 성찰할 수 있는 침묵의 집, 도서관, 설법전 등 곳곳에서 눈에 띄는 '묵언'이라는 말, 말이 없는 가운데 정진하는 모습이 보인다. 다른 절과는 달랐다. 공양간, 다실, 서점의 공동체 봉사이지만 각각의 자리에서 최선을 다하는 것에 특별한 느낌을 받았다. 설법전 아래는 관세음보살상이 있다. 관세음보살상은 우리가 보아온 부처님상이 아니라 성모마리아상을 닮았다. 한국 조각가 최종태 교수님 작품이라고 적혔다. 천주교 신자인 조각가와 법정 스님은 서로 어떤 마음이 통했을까 하는 호기심을 자아내기에 충분했다.

주택 가운데 자리한 절, 마음이 허허롭고 울적할 때 복잡한 것들을 벗어내고 잠시나마 찾아가 보고 싶은 곳, 길상사다. 기와집의 고요함과 가득한 꽃향기, 말없이 수십 년을 살아온 웅장한 느티나무의 향기를 느꼈다. 도량 길상사에 곳곳에 자리한 '묵언'이란 글씨 아래서 수많은 신도들이 각자 두터운 선심으로 맑고 향기롭게 살아간다면 기쁨은 마음 안에 머물 것이다. 또한 '맑고 향기로운 도량' 길상사는 찬란히 빛날 것이고, 이 운동은 넓게 오래도록 퍼져나갈 것이다. 길상사는 오래오래 법정 스님을 그리게 할 것만 같았다.

백
두
산
기
행
문

7월 16일 부산 김해 국제공항을 출발(21:50)하여 2시간의
비행 끝에 중국 연길 공항에 도착했다. 밤이라서인지 시원하면서도
싸늘한 느낌이다. 순간 '옷을 너무 얇게 준비한 것은 아닐까' 하는 걱
정이 머릿속을 스쳤다. 연길은 옛 북간도다. 약 60여 년 전 중학교 시
절 '우리들은 하루빨리 요동반도와 발해 땅을 되찾아야 한다.'고 외치
시며 열정에 찬 강의를 해 주시던 허경일 사회(국사)선생님이 생각

났다. 그 후 나는 우리나라 지도를 접할 때면 의례히 '요동반도와 발해 땅을 모두 우리의 조상들이 가졌었는데' 하는 생각을 하였고, 백두산 천지가 보고 싶었다. '박경리' 작 『토지』의 무대 용정, 연길에도 가고 싶었던 바람을 오늘에야 이루게 되어 가슴은 한껏 부풀어 있었다. 아침 6시에 일어나 창문을 열어 마주한 연길 시내는 뉴스에서 본 북한과 비슷했다. 아파트, 호텔 등 높은 건물이 건축 중이고 도로를 넓히고 있는 모습이 한창 발전하고 있는 것 같았지만 우리나라의 70년대 초쯤으로 보였다. 모든 간판은 한글(오른쪽)과 한자(왼쪽)를 함께 썼다. 노래방도 있고, 생활 모습은 중국보다 우리나라에 가까웠다.

첫날 일정은 백두산 천지 등정이었다. 백두산을 가기 위해 연길에서 버스로 5시간을 달려 이도백하二道百河로 이동했다. 연길 용정을 지나면서 바라본 풍경은 초록의 바다, 옥수수밭, 사과배(개량 품종 이름)나무, 끝없는 평온한 들판이 이어져 있다. 백두산이 가까워지자 마치 이곳을 찾아온 우리를 맞이하려는 것처럼 길 양쪽에 나무가 도열하듯 빼곡히 늘어섰다. 하늘을 가릴 듯한 숲, 굽이굽이 돌아 백두산 북파 산문에 도착했다. 도착 후 환경보호차량(짚차)으로 삼거리까지 이동하고 천문봉 등정을 했다. 가파른 경사를 완만하게 만든 S형의 길을 등정하는데 몹시 숨이 차고 가슴이 답답함을 느꼈다. 그러나

이것이 내게는 처음이자 마지막 기회가 될지도 모르겠기에 마음을 다지며 힘겹게 정상에 올랐다.

천지를 보는 순간 "와-" 하고 두 팔을 번쩍 들어 소리쳤다. 그리고 "우리나라 제일의 산!" 하고 만세를 불렀다. 실은 아침부터 운무가 낀 잔뜩 흐린 날씨라 곧 한줄기 소나기가 쏟아질 것만 같았다. 천지天池를 못 볼 수도 있을 것이라는 두려운 마음으로 등정했는데, 백두산 천문봉에 올라서니 해맑은 푸른 하늘에 햇볕이 쨍쨍 내리쬐었다. 열여섯 개의 봉우리에 둘러싸인 천지의 짙푸른 물엔 고요한 정적만이 깃들었다. 장엄하고 위대한 우리 민족의 얼이 담긴 백록담! 그 숭고함에 고개 숙였다. 백두산의 변화무쌍한 기후로 수십 번을 와도 천지를 못 보고 가는 사람이 대부분이라는데 처음 와서 바로 볼 수 있는 영광을 얻어 너무나 기쁘고 가슴 벅찼다.

2,744m의 백두산을 차로 내려와 장백폭포 앞에 섰다. 폭포의 물줄기가 두 줄로 떨어지고 있었다. 그 소리는 천지를 뒤흔드는 장엄함이었다. 폭포 주변에 위치한 온천군에서는 온천수가 흘러나왔다. 일행들은 뜨거운 물에 잠시 손가락도 넣어보고, 온천물(최고 82℃, 최저 32℃)에 삶은 계란과 옥수수를 사서 맛있게 먹었다. 중국인 특유의 물건을 나르는 방법으로 긴 막대 양쪽 끝에 매달린 커다란 소쿠리에

수백 개의 계란을 허리가 휘도록 가득 담아 매고, 휘청거리며 조심스럽게 온천수에 담그는 모습은 오래도록 잊히지 않을 인상적인 장면이었다.

　백두산 서파로 이동하여 우리 민족의 성지 백두산 천지를 두 번째 등정하는 날이다. 아침에 눈을 뜨니 화창한 날씨에 시원한 가을바람이 불었다. 오늘은 걱정 없이 천지를 한 번 더 볼 수 있겠다고 확신하니 벌써부터 가슴이 뛰었다. 백두산 서파 산문에 도착 후 환경 보호 차로 5호 경계비 주차장에 도착했다. 여기서는 1,270개의 나무계단을 올라 백두산 북한과 중국의 서쪽 경계선인 5호 경계비에서 천지를 관람한다고 했다. 그런데 5호 경계비 주차장에 도착하자 아침에 그렇게도 화창했던 하늘에 구름이 덮이면서 곧 빗방울이 떨어질 것 같다. 우리들은 모두 비옷을 가지고 등정해야만 했다. 아니나 다를까 십 분도 못 가서 빗방울은 떨어졌다. 처음부터 나는 1,270개의 계단에 자신이 없었지만 숨을 조절해 가면서 올랐다. 난간을 붙잡고 쉬기도 하고 걸터앉기도 했다. 일행들의 '괜찮겠느냐'고 걱정해주는 소리가 나를 다시 일으켜 세우곤 했다. 정상이 가까워지는데 계단 옆 비탈계곡에는 아직도 흰 눈 층이 쌓인 그대로다. 그래도 계곡 위 언덕엔 이름 모를 풀꽃이 나를 반긴다.

드디어 정상에 올랐다. 사십 분이면 오를 수 있는 계단인데 나는 거의 한 시간이 걸렸다. 비는 더욱 세차게 쏟아지고 바짓가랑이가 젖어 들었다. 1m 앞도 보이지 않았다. 천지天池는 구름인지 안개인지로 희뿌옇게 뒤덮여있었다. 바로 옆이 북한과 경계선이라는데 보이질 않았다. 과연 백두산의 날씨는 가이드의 말처럼 변화무쌍했다. 세차게 내리는 비가 무서워 천지라고 붉은 글씨로 새겨진 돌비 앞에서 사진 한 컷만 찍고 서둘러 하산했다. 그러나 그 비를 맞고 십 분 정도 더 기다렸던 일행 중 절반은 곧 구름이 걷혀 천지의 검푸른 물을 보았단다. 너무나 후회스러웠다. 두고두고 아쉬움이 남는다.

하산하는 서파 쪽은 원시림인 북파 쪽과는 달리 대평지로, 아득히 지평선을 이룬 들판엔 노랑, 보라, 흰색 등의 이름 모를 야생화들의 향연이 마치 한 폭의 수채화 같았다. 가냘픈 몸매를 하늘거리면서 우리를 반겨주는 고산화원이었다. 금강대협곡은 백두산 용암이 흘러내려 만들어진 협곡으로 온갖 형상의 돌 모습이 마치 미국의 그랜드 캐니언, 레드 캐니언의 축소판을 보는 것 같았다.

일제에 대항한 독립투사의 거점이자 소설 『토지』의 무대였던 북간도, 용정, 연길, 도문으로 향했다. 옛 북간도 우리 땅을 지나는데 중국이 한없이 미우면서도 부러웠다. 벽을 쌓은 듯한 나무, 하늘을 모두

가릴 듯한 숲, 푸른 숲이 이룬 바다, 가도 가도 끝이 보이지 않는 초록의 바다다. 그 가운데는 우리가 탄 차가 달리는 하얀 외줄! 마치 화장이 막 끝난 낭자의 앞가르마 같았다. 언제나 끝이 보일까! 울창한 숲이 대지를 뒤덮었다. 탐이 난다!

용정 시내에 들어섰다. 용정(龍井)이란 지명의 기원이 되는 우물이 있는 용정공원에는 노인들이 모여 노는데, 서울의 파고다공원을 연상시켰다. 여기 모인 사람들은 독립투사의 얼이 담긴 우리 민족이다. 언어도, 노래도, 놀이도 꼭 같다. 바둑을 두고 화투를 가지고 논다. 우리나라의 어느 시골에 온 듯한 느낌이었다.

용정시를 감싸고 있는 비암산 정상에 정자가 보였다. 저곳이 선구자의 정신이 깃든 정자 일송정이란다. 소나무는 불에 타버렸다고 한다. 드넓은 만주벌판을 흐르는 해란강(강은 내가 상상했던 넓은 강은 아니었다. 냇물보다는 깊었다.) 다리 위를 건너면서 차창 너머로 소나무 없는 일송정을 바라보며 일행들은 〈선구자〉를 소리 높여 불렀다. 어느덧 민족시인 윤동주가 다녔던 대성중학교에 닿았다. 운동장에는 윤동주의 「서시」 시비가 세워져 있어 가슴 뭉클했다. 교사 내부에는 일본에 대항한 독립투사들의 흔적이 사진으로 잘 정리하여 게시되어 있었다. 윤동주의 생가는 잡풀이 무성하고 쓸쓸한 외딴집으로 허술하게 방치되어 있어 마음이 무거웠다.

두만강을 관광하기 위하여 도문시로 향했다. 조선족이 일구어 놓은 광활한 농토, 산꼭대기까지 일렁이는 푸른 옥수수밭 물결, 앙증맞은 흰 감자꽃 들판, 끝이 보이지 않는다. 도문시로 들어가는 언덕을 오르니 저 멀리 북한 땅이 보인다. 산에 나무 한 그루 없는 북한을 바라보면서 너무나 놀랐다. 한편 가슴 아프고 나도 모르게 눈시울이 뜨거워졌다. 두만강을 사이에 두고 북한의 헐벗은 산과 중국의 푸른 숲, 푸른 들판은 너무나 대조적이다. 저렇게 메말라버린 땅이 중국처럼 기름지려면 백 년도 모자랄 것이란 생각에 가슴이 멍해졌다.

두만강에서 일행은 뱃놀이를 했다. 나는 그 시간에 선착장 근처에 있는 수양버드나무 아래로 갔다. 삼삼오오 모여 화투 놀이를 하고, 남자가 낀 열댓 명 정도가 둥근 원으로 둘러서서 아리랑을 부르며 춤추는 것을 구경하였다. 즐겁게 놀고 있는 사람들에게 좀 더 가까이 다가가 보았다. '고스톱'도 하고, 노인들인데도 목청도 곱고 부끄러움도 없이 마음껏 소리 내어 노래했다. 말씨는 함경도 억양이 강했다. 중국이 아니라 우리나라였다.

중국은 80%의 한족과 56개의 소수 민족으로 구성되어 있는데 56개 소수 민족 중 조선족만이 유일하게 연변자치주를 이루었고, 성품이 깨끗하고 부지런하여 제일 잘 산다고 했다. 연변자치주 연길, 용정, 도문시의 모든 간판에 한글이 먼저 표기되고 그다음이 중국어, 한자였다. 언어, 풍습, 교육 등 우리의 것을 그대로 이어가고 있다. 그러나 근래에 와서는 인구가 차츰 줄면서 연변자치주가 사라질 위기라는 말이 있어 걱정이란다. 정말 걱정스러웠다. 하루빨리 요동반도와 북간도 발해국의 옛 땅을 찾아야 한다고 열변을 토하시던 선생님이 또 생각이 난다. 백두산 천지의 반이 중국에 넘어간 것을 아셨다면 또 얼마나 괴로워하였을지 생각해 보니 말문이 막힌다. 중국의 도문시 사람들은 두만강 강둑에서 거닐고 노니는데 북한 쪽 강변에는 초소 외에 사람의 그림자도 보이지 않는다. 언제 통일이 되고 저 민둥산이 중국산처럼 숲이 우거질 수 있을까? 요동반도와 북간도 만주 벌판을 찾을 날이 올까? 잠시 생각에 잠겨본다.

덕수궁 돌담길

잠에서 깨기 무섭게 두 눈을 부비면서 다가선 창틀 앞, 베란다 커다란 유리문을 활짝 열었다. 여명을 바라보고, 희미한 산자락 능선을 보며 차 한 잔 마시는 시각이다. 아직 검은 적막 그대로인데 산을 들썩이던 풀벌레 소리가 가늘게 들리기 시작했다. 계절은 어김없이 찾아온다. 운동을 마치고 아침을 먹으면서도 머릿속은 어디론가 떠나 보고 싶은 마음으로 가득했다. 높고 맑고 푸른 하늘에 흰 구름 나래를 펴 둥실거리고, 먼 산엔 노란 물방울이 떨어져 번져가고 있다. 싸-한 공기를 가슴 깊이 들이쉬니 어느새 가을의 한가운데 들어선다. 왠지 오늘 아침은 낙엽 쌓인 오솔길도 걷고 싶고 그윽한 국화 향에 취하고, 가을이란 계절에 폭 안기고 싶다. 대학 시절에 거닐었던 덕수궁 돌담길을 거닐며 옛 추억에 잠기고 싶다.

수북한 낙엽 위를 밟으면 바스락바스락 소리 내던 돌담길. 지하철 2호선 1번 출구에 올라서니 바로 덕수궁 앞 돌담길이 보인다. 옛날에 비교하면 대단히 많이 변한 것도 같지만 여전히 옛 그곳이다. 나팔소리와 북소리가 요란해 눈길을 맞추고 보니 울긋불긋 의장대 옷을 입은 군졸들이 사열 중이었다. 외국 관광객들까지 낀 수많은 사람들이 둘러선 사이에 나도 끼어들어 분열하고 집합하고 행진하는 모습을 보았다. 오천년의 민족 역사 속 이조 오백년 어느 한때를 바라보는 듯해 가슴이 뿌듯했다. 여기 모인 이 군중들도 가을의 손짓에 따라나선 사람들인 것 같다.

의장대가 빠져나간 돌담길. 돌과 흰 시멘트로 잘 다듬어진 돌담길은 간간히 낙엽이 뒹굴긴 하지만 깨끗한 길이다. 저녁볕에 잔잔히 물결치듯 반짝이는 나뭇잎, 기울어져 가는 저녁 햇살에 눈이 부신다. 아쉬운 건 떨어진 낙엽을 쓸어버린 것이다. 발목까지 쌓인 낙엽을 밟고 싶었던 욕심은 채울 수 없다. 수지로 이사 온 지도 십 년이 다가오고 있는데 얼마나 마음의 여유가 없었는지 가을에 덕수궁 담장을 거니는 것은 처음이다. 아스라이 멀어져가는 추억 속에 그와 함께 거닐었던 이곳. 이 고운 가을이 다 가기 전에 가을 햇살에 물들어 반짝이는 나뭇잎을 보고, 그네 타는 낙엽, 솔바람에 가랑잎 구르는 소리도 듣고, 이 모두를 그와 함께 다시 하고 싶어진다.

담벼락에 늘어선 화가들의 그림은 플라밍고 춤추는 여인, 제주도 한라산 유채밭, 장미, 수선화, 마가렛 등의 정물화, 인물화다. 가난한 화가의 그림일까? 걱정하면서 지나쳤다. 반대편으로는 옛날 옛적 뽑기하던 설탕과자 장수, 호박엿 장수, 번데기 장수, 솜사탕 장수, 군밤 장수가 드문드문 눈에 띈다. 군밤 한 봉지를 사서 먹으며 긴 돌담길을 빠져나왔다. 저물어 가는 가을볕 아래 옷깃을 여미게 하는 바람이 인다. 돌담에 기대 늘어선 그림들을 감상하는 것도 가을의 운치를 더한다. 토요일 오후라 그런지 사랑하는 사람과 손잡고 거니는 남녀, 좋아하는 친구와 팔짱을 끼고 걷는 여인들, 아이들을 데리고 나온 가족, 모두가 행복해 보인다. 복잡하고 숨 막히는 도시의 일상생활에서 잠시 벗어나 여유를 맘껏 즐기고 있었다.

따가운 가을 햇볕을 쬐고, 물들어 가는 나뭇잎을 바라보면서 내 삶은 무엇이며, 그는 어디 가고 혼자일까 생각했다. 따뜻했던 그의 호주머니 속에 손을 넣고 싶다. 싸아한 바람이 내 살갗을 스치는 순간 가슴은 두방망이질 치듯 두근거리고 온 전신이 나뭇잎새처럼 떨린다. 내 안에 찾아든 조그만 행복, 자연이 준 이 아름다운 순간을 오래오래 간직하고 싶어진다. 머잖아 덕수궁 돌담길에 흰 눈이 내리는 날이면 다시 여기 찾아와 눈 쌓인 옛 돌담길을 걸을 것이다. 낙엽에 빠지지 못한 오늘 내 발목, 눈 속에 푹푹 빠뜨리면서 멀어져가는 추억을 더듬어 볼 것이다.

차창으로 본 경부선 철로변

부산에서 서울, 서울에서 부산을 무수히 오르내리게 되었다. 고등학교 졸업 후 서울로 가면서 시작된 왕래가 결혼 후 아이들을 서울 유학시키면서 쭉 이어졌다. 지금은 환갑, 진갑도 훨씬 지난 나이에 아들 따라 경기도 수지로 이사 온 후 부산에 자주 간다. 두고 온 자식들, 친지, 친구들의 길흉사로 한 달에 한두 번꼴로 경부선 철

도를 이용하고 있다. 그 차창 밖은 흐르는 시간과 함께 많이도 변했다. 철로변도 서울서 부산까지 건물이 거의 연결되어 지역과 지역의 경계가 없다.

오십년대의 기차는 연발, 연착은 당연지사고, 유유히 흐르는 낙동강 굽이굽이를 돌며 달렸다. 그 기차를 타면 안도감과 기대로 가슴이 들떴다. 차창 밖 풍경은 순간순간 색다르고 아름다운 화폭의 전개였다. 진달래로 붉게 물든 먼 산, 신록이 우거진 오월의 풋풋한 정경, 황금빛 물결치는 논, 눈 덮인 빈 들판, 논 가운데 뚝 떨어져 하얗게 피어오르는 저녁 짓는 초가집 굴뚝의 연기, 어느 하나 아름답지 않은 것이 없다. 한 시간을 넘게 달려야 역이 나오고 그 정거장 주변으로 그나마 조그만 도시가 이루어져 있었던 것에 비하면 지금은 공터가 없다고 해도 과장은 아니겠다.

한때 새마을운동으로 초가지붕이 스레드 지붕으로 바뀌면서 울긋불긋 빨강 파랑으로 도장된 시절도 있었지만 지금은 논 가운데도 성냥갑을 세워 놓은 뜻 끝없는 아파트 단지의 연속이다. 공장도 셀 수 없다. 식품회사, 제약회사, 화장품회사, 섬유공장, 시멘트공장 등 셀수 없이 많다. 산 중턱에는 지방마다 처음 듣는 대학들의 이름이 눈에 들어온다. 굴을 뚫고 논, 들, 강 위로 수없이 뻗어난 새 도로들, 정말 경부선 철로변은 하나로 이어졌다.

차창 너머로 농업 시대에서 산업화, 공업화되면서 빠르게 발전해 가는 모양을 한눈에 바라볼 수 있어 즐겁다. 흐르는 강물 위에 드리워진 산 그림자, 겨울 들판에 은빛 물결이 일고, 아파트, 모텔, 호텔, 거대한 역사들, 수많은 공장이 보인다. 이런 사회의 변화는 여행으로 얻은 여백의 시간에 생각할 거리를 준다. 논 한가운데 들어선 성냥갑 같은 아파트는 내겐 흉물스럽게 뵌다. 산자락을 마구 자르는 일, 논 가운데, 동산 숲속에 들어선 모텔은 눈살은 찌푸리게 한다. 그러나 산업화, 공업화에 더욱 속력이 붙고 세상이 눈부시게 발전하여 우리 모두가 잘사는 사회가 되어가는 모양을 경부선 차창 너머로 오래도록 바라보고 싶어진다.

높고 맑고 푸른 하늘에 흰 구름 나래를 펴 둥실거리고,
먼 산엔 노란 물방울이 떨어져 번져가고 있다.

작품해설

잔잔한 물결을 이루는
호수의 고요함

지연희 (시인, 수필가)

잔잔한 물결을 이루는
호수의 고요함

지연희 (시인, 수필가)

2010년 계간 문파문학 신인상 수상으로 수필가, 시인의 길을 걷고 있는 제옥 수필가의 첫 수필집 『따뜻한 솜씨』가 세상 속에 생명의 깃을 세워 호흡할 수 있게 되었다. 적지 않은 연세임에도 불구하고 그간 집필해 놓은 작품들을 모아 생명의 힘을 불어넣기 위해 기울여 주신 노고에 경의를 드리지 않을 수 없다. 활발한 문학 활동을 지속하지는 못했지만 어느 날 불현듯 정성 들여 모아 놓은 시와 수필들을 확인하면서 그들의 존재에 대한 최소한의 가치세움이 필요한 것은 아닌지 생각하셨던 모양이다. 부산에서 서울로 상경하여 한아름의 분신들을 내게 안겨주셨다. 시인의 가슴으로 탄생되어진 문학작품이라는 이름을 지닌 존재들에게는 독자를 만나는 일처럼 향기로운 일은 없을 것이다. 그들의 이름에 책이라는 의미의 옷을 입히는 일은 당연한 일이 아닐 수 없다. 한 편의 시, 한 편의 수필은 오직 하나의 생명력으로 세상에 머물 수 있는 가치를 지니고 있기 때문이다.

성품처럼 부끄러운 모습으로 책상 서랍 속에 숨어 있던 83편의 시와 29편의 수필이 근 10년 가까이 묻혀 있다가 책장 밖으로 나와 빛을 만나게 되었다. 지나친 수식이나 형식의 조탁이 없어 오히려 부담 없는 자연한 감성의 표현이 친근하여 꾸밈없는 제옥 문학의 발걸음에는 하얀 눈꽃의 순수가 묻어난다. 그 중 수필문학은 사실 체험으로 체득한 삶의 이야기를 깊은 사유의 세계로 구축하는 일이다. 따뜻한 감성으로 바라본 세상과의 만남이 이야기문학으로 펼쳐지고 있는 이 수필집의 색채는 맑은 영혼으로 채색한 '기억 속 내 삶 짚어보기' 라고 해도 좋을 것이다. 다소는 힘찬 발걸음으로 삶의 의미를 설계하고 있지만, 황혼의 아름다움이 남은 삶의 빛깔이었으면 기원하고 있다. 그만큼 제옥 수필가의 문학은 진지한 언어의 아름다움을 지니고 있다.

설날을 시골에서 지내며 비워두었던 집 현관문을 여는데 향긋한 꽃 향기가 집안 가득했다. 정말 너무 반갑고 행복해 눈물이 핑 돌았다. 순간 나는 아름다운 프리지아 얼굴에 수없는 입맞춤을 퍼부었다. 외로움을 떨치기 위해 사 온 프리지아가 내게 행복감을 준 것이다. 별것

아닌 조그만 꽃이었지만 나에게 감동을 주고 행복감을 주었다면 그것으로 족하다. 외로움을 잊으려, 아니 즐기려 내 손끝에서 만져지는 오늘 이 순간의 부질없어 보이는 행위들이 당장이 아닌 훗날 행복감을 맛보게 해줄 수도 있음을 알았다. 하루하루의 삶은 냇물처럼 쉬지 않고 흐른다. 훗날 나의 삶 속 모든 의미들은 바다에 닿는 강물처럼 기쁨을 맛볼 수 있게 할 것이다. 비록 현재는 내게 외로움을 느끼게 할지라도.

- 수필 「사람은 늘 외롭다」 중에서

눈 깜빡할 사이 모두가 과거가 되어버린 지금, 나는 무엇일까? 오로지 자식과 남편만을 바라보고 살아온 삶이 어리석어도 보인다. 제 짝 찾아 모두 내 곁을 떠난 자식들, 때로는 섭섭하고 허무한 마음이 나를 외롭게 만들기도 한다. 그러나 한편으로는 저희끼리 오순도순 재미있게 살아가는 모습에 더 이상 바람이 없기도 하다. 이젠 홀가분한 기분으로 추수가 끝난 빈들에 붉게 타는 저녁노을을 바라보고 서 있다. 지금부터는 덤으로 살아가는 내 삶! 나는 무엇을 어떻게 살아갈까를 되뇌어본다. 글을 쓰면서 황혼의 들판을 가꾸어 봄은 어떨까? 내 황혼의 길에 풀도 뽑아주고 물을 주면서 아름다운 꽃이 피도록 부지런히 가꾸어 보고 싶다. 설령 그것이 한갓 헛된 꿈으로 끝날지라도.

- 수필 「내 삶의 자취」 중에서

외로움은 인간이면 누구나 느끼지 않을 수 없는 천형의 등짐과 같다. 절대 고독이라는 독자적 홀로 있음의 슬픔은 누구도 치유할 수 없는 마음의 병이다. 5남매를 낳아 기르고 각기 출가 시킨 어미로서의 본분을 마치고 빈 둥지 속의 공허를 수필 「사람은 늘 외롭다」라는 가늠으로 설득력 있게 보여준다. 그러나 시골집에 며칠 묵다 집으로 돌아온 날 집안 가득 피어오른 프리지아 꽃향기를 맡으며 행복의 가치는 일상 속 우연하고 긴밀한 발견이라는 사실을 확인하게 된다. '정말 너무 반갑고 행복해 눈물이 핑 돌았다. 순간 나는 아름다운 프리지아 얼굴에 수없는 입맞춤을 퍼부었다. 외로움을 떨치기 위해 사 온 프리지아가 내게 행복감을 준 것이다.' 며 감회에 젖고 있다. 홀로 생각하고 홀로 행동하고 종내는 홀로 세상을 떠나야 하는 생명의 길 위에서 제옥 수필의 각오는 비상하는 한 마리 새처럼 날아오른다. '하루하루의 삶은 냇물처럼 쉬지 않고 흐른다. 훗날 나의 삶 속 모든 의미들은 바다에 닿는 강물처럼 기쁨을 맛볼 수 있게 할 것이다' 라는 각오로 충만하다. 비록 현재는 내게 외로움을 느끼게 할지라도 보다 나은 삶을 향한 욕망으로 가득하다.

10남매 틈 속에서 자라고 결혼하여 5남매를 낳아 기르며 살아온 지난 삶에 대한 수필 「내 삶의 자취」는 진솔한 회고담이다. 부산에서 태어나고 시냇물에 띄운 종이배가 물결 따라 흘러가면서 돌에도 부딪치고 나뭇가지에도 걸리면서 떠내려가듯 한 삶을 살았다고 한다. 초등학교 5학년에 6·25전쟁을 맞고 이리저리 흔들리는 배 속처럼 장년기를 보낸 화자는 지금은 황혼의 그림자가 드리워진 들판에 서 있다는 것이다. 사범대학을 졸업 후 첫 발령지인 낙도(거제도)에서의 교사 생활은 마치 옛 선비가 유배지로 떠나는 심경으로 눈물을 흘리며 배를 탔다고 한다. 더구나 사범학교를 갓 졸업하고 첫 부임지 6학년 교실에서는 자신보다 더 나이든 늙은 남학생 몇몇이 앉아있어 눈앞이 아찔하기도 했다는 지난 시간의 흔적들은 그대로 젊은 날의 제옥 수필가가 걸어온 삶의 편린들이다. 그리고 눈 깜빡할 사이 모두가 과거가 되어버린 지금, 나는 무엇일까? 진단하고 있다. '오로지 자식과 남편만을 바라보고 살아온 삶이 어리석어도 보인다'는 오늘, '이제 홀가분한 기분으로 추수가 끝난 빈들에 붉게 타는 저녁노을을 바라보며 지금부터는 덤으로 살아가겠다'는 의지를 보인다. 황혼의 길에 서서 자신을 위해 풀도 뽑아주고 물을 주면서 아름다운 꽃이 피도록 부지런히 가꾸어 보겠다는 각오가 단단하다.

어머님이 만들어 주신 예쁜 원피스를 입고 학교에 가면 친구들이 부러워하던 초등학교 시절이 생각난다.
유난히도 떠나기 싫어 눈이 내리고 바람 불고 오래도록 질척대던 올해 겨울이었지만, 그 속에서도 새로운 계절은 어김없이 찾아왔다.

강가에서 갖가지 꽃구름 안개가 피었다. 봄비 촉촉이 내리는 오늘, 부연 물안개 속에서 어머님의 사랑이, 모습이 피어오른다. 언제나 인자하시고 희생만 하셨던 모습, 닮고 싶은 손맛과 솜씨가 그리워진다. 많이 보고 싶다.

- 수필 「그리운 어머니」중에서

요즘은 꿰매어 가며 신지도 않지만 구멍 난 양말은 보기도 드물다. 예쁘게 기워주신 내 양말을 친구들에게 자랑하고 싶어 발을 죽 내밀어 보이기도 했다. 어머니의 손길과 정이 깃든 기운 양말은 따뜻했다. 오늘처럼 영하의 추운 겨울밤 잠 못 이루어 긴 소파에 의지하고 전구를 바라보니 떨어진 양말을 꿰매던 일, 양말 기우면서 들려주시던 어머님의 옛날이야기들이 가슴이 저리도록 그리워진다. 천정에서 매달아 내린 따스한 불빛 전구, 따끈한 온돌, 따뜻했던 어머님 손길, 이 모두가 나를 그리움에 사무치게 한다. 많이 보고 싶다. 어머니!

- 수필 「헌 전구와 구멍 난 양말」 중에서

대가족의 주부로 늘 바쁘게 사셨던 어머니를 추억의 그늘에서 회억하는 수필 「그리운 어머니」는 신세대 여성이자 음식 솜씨, 손맛과 손재주를 타고 나셨던 분으로 가족을 위해 헌신하신 분이다. 신문화를 받아들여 밥상에는 일본음식이 자주 올라왔다는 어머니의 음식 솜씨는 초등학교 소풍가는 날이면 예쁜 찬합에 싸주신 화려한 갖가지 초밥, 주먹밥을 먹어 버리기가 아까울 정도였다고 한다. 누구에게나 어머니의 존재는 생명의 시원으로 육신의 근원적 의미를 지니지만 제옥 수필가의 어머니는 자식들에게 남다른 사랑을 펼치신 분으로 그리움을 가중시키고 있다. '생각만 하여도 군침이 돈다. 봄비 보슬보슬 내리는 날이면 뒤뜰의 부추를 베어다 부쳐 주시던 부침개, 돌나물로 만든 시원한 국물김치는 어머님의 손맛을 잊을 수 없게 한다. 그립다.'는 그리움의 정도를 음식 솜씨로, 손맛과 손재주로 그려준다.

해마다 겨울이 되면 어머니와 함께 따끈한 아랫목에서 양말 꿰매던 일이 생각난다는 수필 「헌 전구와 구멍 난 양말」. 가난한 시절을 살았던 대한민국 어머니라면 '양말 꿰매기'를 경험해 보지 않은 분이 없을 것이다. 고장 난 전구를 모아두었다가 구멍 난 양말에 넣고 천을 대어 바느질 하면 헌 양말은 어느새 새 양말이 되어 그 문향에 따라 예쁘고 실용적인 양말로 변신하던 때이다. '가로 세로를 씨줄 날줄로 천을 짜듯 엮으면서 한참을 이어갔다. 그러다 보면 구멍이 모두 깨끗이 막혔다. 전구로 구멍 난 양말 뒷굽 깁는 방법을 그때 배웠다. 긴긴 겨울밤 나는 엄마 곁에 앉아서 전구로 구멍 난 양말을 꿰매면서 어머니가 들려주는 '곶감과 호랑이', '정랑에 나타난 귀신' 이야기들을 들으면서 바느질을 이어나갔다.'는 이야기는 모녀간의 사랑의 깊이를 짚어보게 한다.

아침잠에서 깨자마자 찻잔을 감싸 쥐고 창문가에서 뒷산과 마주하던 일상, 주섬주섬 옷 챙겨 입고 걷던 성북천변, 오래오래 머릿속에서 지워지지 않을 것 같다. 자연과의 교감으로 우러난 정도 잊기가 어렵겠다. 엘리베이터 속에서 만나던 이웃, 언제나 웃으며 말을 건네던 이웃들은 참 따뜻했었다. 우연히 맺어진 이 인연은 나도 모르는 사이 정이라는 것으로 돈독해졌다. 불교에서는 '인연은 어느 몇 겁의 연에서 이루어진다'고 한다. 그렇게 믿고 싶다. 그것도 과거 어느 좋은 만남에서 시작된 것이 현실에 닿았다고 믿고 싶다. 이 좋은 인연으로 만난 사람들과 시간의 흐름으로 든 정, 놓치지 않고 오래도록 간직하고 싶다.

- 수필 「정情」 중에서

자리를 옮겨 자작나무 벽난로가 돋보이는 Angel's coffee 카페에 들어섰다. 문을 밀자 코 끝에 닿는 상큼한 커피 특유의 향내에 눈물이 핑 돌았다. 학창 시절 르네상스 찻집이 생각나면서 아련한 옛 추억이 내 눈가를 촉촉이 젖게 한 것이다. 창가에 자리 잡고 앉으니 한쪽 벽을 장식한 예쁜 찻잔들이 눈에 확 들어온다. 발갛게 달아오르고 있는 벽난로는 차가움을 안고 들어온 우리를 따뜻하게 데워 주었다. 차를 주문하면서 친구는 올겨울의 첫눈이 오니 겨울새 백조가 떠오른다며 차이코프스키 작 〈백조의 호수〉를 부탁했다.

하늘이 밝아온다. 갑자기 눈이 멎었다. 넓적 넓적 흰 떡가루가 하늘

에서 휠휠 내렸는데…. 아쉽다, 좀 더 내렸으면. 카페를 나오니 눈은
깨끗이 멎고 산뜻한 바람에 파란 하늘이 보였다. 무섭도록 쏟아지던
함박눈은 그쳤다. 운치가 있다고 자랑하던 주인장의 모습이 머릿속을
스친다. 흰 눈까지 내리는 겨울 창밖 그림은 정말 아름다웠다. 우산이
없어 걱정했던 나는 가벼운 기분으로 길을 걸었다.

- 수필「눈 내리는 겨울 창밖」 중에서

수필「정情」은 부산에서 용인 수지로 이사와 7년 6개월을 함께 생활
하며 마음을 주고 받았던 이웃 사람들과의 우정을 말하고 있다. 처음
에는 낯설고 어색하여 매주 부산으로 내려가기도 했지만 지금은 오히
려 깊은 정이 들어 헤어지기가 어려워졌다는 것이다. 자주 얼굴 맞대
고 이웃하다 보면 가까이 마음을 나눌 수 있는 것이 인지상정이라고
한다. 그럼에도 어쩔 수 없이 헤어질 수밖에 없는 일이기도 하지만 이
별의 아쉬움을 이 수필은 고운 심성으로 보여주고 있다. 제일 힘이 드
는 건 문우님들과의 작별이었다고 한다. 시작부터 '문학에 소질이 없
는 것은 아닐까' 하는 생각과 자신감 부족으로 그만두는 것을 몇 번 고
민했었지만 그럴 적마다 끌어 주고 토닥여주던 여러 선후배들, 그 힘
으로 견딜 수 있었다는 것이다. '또 눈앞이 흐려진다. 전혀 다른 계층,
삼십대부터 칠십대라는 연령의 갭, 남녀 성별의 차이, 이렇게 다양한
색깔의 사람들과도 정이 솟아남에 의구심이 날 정도다. 참으로 정이

란 게 우습기도 하다.' 사람과 사람의 관계는 상대성 교감으로 이루어 진다. 때 묻지 않은 진실한 마음의 교류가 이별의 아픔을 가중 시킬 수 있었으리라고 믿게 된다.

흰 눈 내리는 겨울 창밖을 내다보는 일이야 말로 운치를 더하는 일이다. 수필 「눈 내리는 겨울 창밖」은 아름다운 자연의 배려가 얼마나 사람의 정서를 아름답게 정화시키는 일인지를 극명하게 보여 준다. 친구와 앉은 일식집 창밖 풍경은 흰 눈이 펑펑 쏟아지고 있다. 두 사람은 아이처럼 감성에 젖어 들뜨기 시작한다. 주문한 음식이 나왔는데도 두 사람은 붕어빵과 군고구마를 사서 주머니에 넣고 옛날 학창 시절처럼 걷자는 생각으로 함박웃음을 짓고 있다. 우동은 식어가고 창밖의 눈은 더욱 펑펑 쏟아지고 있는 그림이다 수채화 한 편을 감상하듯이 순연한 두 사람의 몸짓이 아름답다.

돌아오는 길엔 먼동이 트고 나무다리 위에 내려앉은 서리인지 살얼음인지는 여전히 하얗다. 난간을 잡고 조심스럽게 건넜다. 두 시간 정도 걷고 집에 들어서자마자 온돌방 대신으로 사용하는 전기장판 속에 몸을 녹인다. 물주전자에 물을 끓이니 라면이 생각나기도 하지 만 우선 커피 한 잔에 그 특유의 향과 맛을 음미한다. 조깅으로 아침을 열고, 자식들로부터 걸려올 전화를 기다린다. 저녁노을 같은 내 삶을 돌아보며 이런저런 공상과 망상에 잠긴다.

아직은 성복천변을 활발히 걷고 냇물 따라 걸으며 낭랑한 물소리에 매료되는 여유로움을 가질 수 있어 기쁘다. "어머니 잘 주무셨어요" 하고 묻는 자식들의 전화벨이 곧 울릴 것이다. 누런 제복 벗어 던지고 녹색으로 단장하는가 하면 금세 붉게 단풍이 들어버리는, 이렇게 변화무쌍한 성복천에서 탄천까지의 천변 길을 얼마나 더 오래 함께할 수 있을까?

– 수필 「새벽 성복천변을 걷는다」 중에서

한옥이지만 내부는 현대식으로 정갈하게 다듬어진 찻집에는 차를 마시며 담소하는 사람들이 있다. 일반 신도들도 들어가서 자기 자신을 성찰할 수 있는 침묵의 집, 도서관, 설법전 등 곳곳에서 눈에 띄는 '묵언'이라는 말, 말이 없는 가운데 정진하는 모습이 보인다. 다른 절과는 달랐다. 공양간, 다실, 서점의 공동체 봉사이지만 각각의 자리에서 최선을 다하는 것에 특별한 느낌을 받았다. 설법전 아래는 관세음보살상이 있다. 관세음보살상은 우리가 보아온 부처님상이 아니라 성모마리아상을 닮았다. 한국 조각가 최종태 교수님 작품이라고 적혔다. 천주교 신자인 조각가와 법정 스님은 서로 어떤 마음이 통했을까 하는 호기심을 자아내기에 충분했다.

– 수필 「길상사(吉祥寺)를 찾아가다」 중에서

제옥 수필을 감상하면서 독자의 입장으로 느낄 수 있는 정서는 잔잔한 물결을 이루는 호수의 고요함이다. 조근 조근한 목소리로 가슴속 울림을 들려주는 따뜻한 음성이다. 특히 자연 속에 잠겨 그들과 나누는 이야기는 개울물의 속삭임처럼 맑다. 수필 「새벽 성복천변을 걷는다」는 두 시간여의 아침 산책길에 들려주는 천변 소식이다. 변화무쌍하게 사계절 옷을 갈아입는 나무들과 풀과 꽃들, 미동 없이 놓여진 사물들과 조우하는 일이다. 천변에 머무는 철새들 역시 세심한 터치로 그리고 있다. 문학은 세상 모든 존재들과 손을 잡는 일이며 그리하여 진솔한 마음을 나눈다면 독자는 서슴없이 그 이야기의 길을 따라가게 된다. 천변 산책에서 집으로 돌아와 하루도 어김없이 '어머니 잘 주무셨어요?'하는 전화기를 통하여 들려오는 자식들의 아침안부로 하루의 삶을 여는 화자의 달콤한 순례는 마무리 되고 있다.

서울시 북쪽 한 쪽에 자리 잡고 있는 길상사는 법정스님의 살아생전 말씀의 흔적으로 가득한 사찰이다. 스님의 자취가 '묵언'의 깨우침으로 살아 있는 이곳을 방문하여 마음이 허허롭고 울적할 때 복잡한 일상을 벗어낸다. 주택가 한 가운데 자리한 길상사는 법정스님의 도량으로 불자들의 쉼터가 되었다. 수필 「길상사吉祥寺를 찾아가다」는 화자의 발길이 무슨 까닭으로 이곳에 머물게 하는지를 체득하게 한다. '기와집의 고요함과 가득한 꽃향기, 말없이 수십 년을 살아온 웅장한 느티나무의 향기를 느꼈다'는 화자는 길상사 곳곳에 자리한 '묵언'이란 글씨 아래서 숙연해진다. 수많은 신도들이 각자 두터운 선심으로 맑고 향기롭게 살아간다면 기쁨은 언제나 내 마음 안에 머물 것이라는 기대 또한 가득하다. 몸소 무소유의 참된 정신을 기도로 실천하신 스님의 가르침이 들리는 듯 숙연해지는 수필이다.

수필문학의 진정한 가치는 삶의 체험으로 반추할 수 있는 성찰의 문학이라는 점이다. 한 편 한 편의 이야기를 짚어가며 한 권 분량의 삶의 편린들이 전하는 메시지는 쓰는 이의 묵언수행이며 읽는 이의 조용한 깨우침의 길이 아니겠는가 싶다. 시집과 수필집을 함께 묶어낸 제옥 문학의 조용한 걸음은 시냇물 위에 반짝이는 햇살처럼 순연한 아름다움이 있다. 따뜻하고 맑은 영혼의 빛깔로 숨 쉬는 언어의 바탕은 그 사람의 마음 밭으로 경작하여 수확한 결실이다. 제옥 수필의 문체가 이에 머물고 있다는 생각을 했다. 더 빛나는 시, 수필문학의 내일을 열어주시기 기대하면서 마음 깊은 축하를 드리며 작품 읽기를 접는다.

따
뜻
한
솜
씨

따뜻한 솜씨

제옥 수필집